中华传统节日诗词故事

七夕·中秋

陆 襄 主编 朱福生 编著

上海远东出版社

图书在版编目(CIP)数据

中华传统节日诗词故事. 七夕·中秋/陆襄主编. —上海：
上海远东出版社，2017
ISBN 978-7-5476-1259-0

Ⅰ. ①中… Ⅱ. ①陆… Ⅲ. ①古典诗歌—鉴赏—中国
Ⅳ. ①I207.22

中国版本图书馆CIP数据核字(2017)第049689号

责任编辑 殷卫星
装帧设计 李 廉

七夕·中秋
陆 襄 主编
朱福生 编著

出 版 上海远東出版社
(200235 中国上海市钦州南路81号)
发 行 上海人民出版社发行中心
印 刷 上海信老印刷厂
开 本 850×1168 1/32
印 张 4
字 数 53,000
版 次 2017年6月第1版
印 次 2020年1月第2次印刷
ISBN 978-7-5476-1259-0/G·798
定 价 18.00元

编者的话

中华传统节日以宏大丰富的内容、绚烂缤纷的色彩展示了我国民族文化的壮丽画卷，寓含了深刻的文化内涵。在我国古代诗词中，与节日有关的作品数量可观，佳作迭现。这些古代诗词以其独特的形式记载了节日习俗的特点，生动地反映了古代人民过这些传统节日时的情形和心情，充分发掘了传统节日的意义，给予传统节日更为丰富的人文情感，丰富了传统节日的内涵，并对后世产生了深远的影响，如“每逢佳节倍思亲”（王维《九月九日忆山东兄弟》）、“爆竹声中一岁除”（王安石《元日》）、“但愿人长久，千里共婵娟”

(苏轼《水调歌头》)等节日名句更是家喻户晓。

2006年,《国务院关于公布第一批国家级非物质文化遗产名录的通知》明确指出,"保护和利用好非物质文化遗产,对于继承和发扬民族优秀文化传统、增进民族团结和维护国家统一、增强民族自信心和凝聚力、促进社会主义精神文明建设都具有重要而深远的意义";同时,把文化部申报的春节、清明节、端午节、七夕节、中秋节、重阳节等节日正式纳入民俗类非物质文化遗产保护范围。

2008年4月1日,中共上海市科技教育工作委员会、市教委也发出了《关于在本市大中小学广泛开展传统节日教育的通知》。《通知》指出:"中华民族历史悠久,源远流长。中国传统节日凝结着中华民族的民族精神和民族情感,承载着中华民族的文化血脉和思想精华,是维系国家统一、民族团结和社会和谐的重要精神纽带,是建设社会主义先进文化的宝贵资源,是对青少年进行思想道德教育的重要载体。"

2017年,农历丁酉年春节前夕,中共中央办公厅、国务院办公厅,颁布了《关于实施中华优秀传统文化传承发展工程的意见》(简称《意见》),为中华儿女最看重的这一传统节日,增添了一分带有文化亲情的色彩。

文化是民族的血脉,是人民的精神家园。《意见》对增强传统文化生命力、影响力,意义重大。

《意见》坚持创造性变化和创新性发展,使中华民族最基本的文化基因与当代文化相适应、与现代社会相协调,把优秀传统文化贯穿国民教育始终,以此来滋养文艺创作、并将其融入生产生活。根据这一精神,政府将实施一系列继承发展工程,如构建中华文化课程和教材体系、加强国民礼仪教育,推进戏曲、书法、高雅艺术、传统体育进校园,以及推动中华传统节日振兴工程等。

为弘扬民族精神,推动传统节日教育,我们编写了“中华传统节日诗词故事”系列丛书,其中既包括了历代优秀的节日诗词,又介绍了与节日诗词有关的诗词故事,包括节日风俗、诗话词话和文人轶事等。

如果本书能够满足读者需要,在中华优秀传统节日振兴工程中,尽其微薄之力,能让优秀传统节日文化活起来,传下去,我们将深感荣幸。

目　录

七夕

【扩展阅读】

中华传统节日诗词故事

七　夕

节日来源

农历七月初七，是我国民间传统节日“七夕”，又称乞巧节。

牛郎织女，是个美丽的传说。其起源很早，《诗经·大东》里记载：“维天有汉，监亦有光；跂彼织女，终日七襄；虽则七襄，不成报章。”这里有织女，但没有牵牛，也没有故事因素。据考证，东汉末年《古诗十九首·迢迢牵牛星》是以牛郎织女为题材而情节又较为完整的最早的作品。曹丕《燕歌行》也有“牵牛织女遥相望”之句。

相传，天河东岸的织女嫁给河西的牛郎后，云锦织作稍慢，天帝大怒，将织女逐回，只许两人每年农历七月初七夜晚在喜鹊搭成的桥上相会。汉代应劭《风俗通义》载曰：“织女七夕当渡河，使鹊为桥，相传七日鹊首无故皆髡，因为梁以渡织女故也。”《荆楚岁时记》中关于牛郎织女故事的记载就较为完整而更富有神话意味:“天河之东有织女,天帝之子也,年年织杼劳役,织成云锦天衣。天帝怜其独处,许嫁河西牵牛郎。嫁后遂废织。天帝怒,责令归河东,使一年一度相会。”又云:“七月七日,为牵牛、织女聚会之夜。”至此,这个富有神话色彩的爱情悲剧故事才归于完整。

与牛郎织女传说相关的,就是乞巧。神话传说中的织女,是天上神仙世界中的巧妇。传说她纤纤玉手,飞舞金梭,能织出彩霞般的锦绣。这天成的女工,当然是人间女子向往的。七夕乞巧的习俗,当然是在民众的这种心理动机中生成的。

七夕穿针

穿针乞巧的习俗，始于汉，流于后世。每年七月初七晚上，妇女们趁织女与牛郎团圆之际，摆设香案，穿针引线，向她乞求织布绣花的技巧。东晋葛洪的《西京杂记》说："汉彩女常以七月七日穿七孔针于开襟楼，人具习之。"宗懔《荆楚岁时记》说："是夕人家妇女结彩楼穿七孔外，或以金银玉石为针。"《舆地志》说："齐武帝起层城观，七月七日，宫人多登之穿针。世谓之穿针楼。"五代王仁裕《开元天宝遗事》说："七夕，宫中以锦结成楼殿，高百尺，上可以胜数十人，陈以瓜果酒炙，设坐具，以祀牛女二星，妃嫔各以九孔针五色线向月穿之，过者为得巧之候。动清商之曲，宴乐达旦。士民之家皆效之。"元陶宗仪《元氏掖庭录》说："九引台，七夕乞巧之所。至夕，宫女登台以五彩丝穿九尾针，先完者为得巧，迟完者谓之输巧，各出资以赠得巧者焉。”和乞巧有关的活动，则是历代有翻新，各地有不同。

节日诗词

乞　　巧[1]

［唐］林　杰

七夕今宵看碧霄[2]，牵牛织女渡河桥[3]。
家家乞巧望秋月，穿尽红丝几万条[4]。

【注释】

① 乞巧：古代节日，在农历七月初七日，又名七夕。

② 碧霄：浩瀚无际的晴空。

③ 牵牛织女渡河桥：指牛郎织女七月初七鹊桥相会的传说。

④ 几万条：虚指，比喻多。

【今译】

今晚是七夕佳节，我仰望天空，
牛郎和织女似乎在喜鹊桥相会。
家家户户的女孩在秋月下乞巧，
不知道穿尽了几千条红丝线啊。

【鉴赏】

《乞巧》是唐代诗人林杰描写民间七夕乞巧盛况的名诗，是一首想象丰富、流传很广的古诗，浅显易懂，涉及家喻户晓的神话传说故事，表达了少女们乞取智巧、追求幸福的美好心愿。农历七月初七夜晚，俗称“七夕”，又称“女儿节”、“少女节”，是传说中隔着“天河”的牛郎和织女在鹊桥上相会的日子。过去，七夕的民间活动主要是乞巧。这一习俗唐、宋最盛。

“七夕今宵看碧霄，牵牛织女渡河桥。”“碧霄”指浩瀚无际的青天。开头两句叙述的就是牛郎织女的民间故事。一年一度的七夕又来到了，家家户户的人们纷纷情不自禁地抬头仰望浩瀚的天空，这是因为这一美丽的传说牵动了一颗颗善良美好的心灵，唤起人们美好的愿望和丰富的想象。“家家乞巧望秋月，穿尽红丝几万条。”后两句将乞巧的事交代得一清二楚，简明扼要，形象生动，展示出人们乞取智巧、追求幸福的心愿。

诗词故事

七夕节对月穿针

纺织、针绣是古代女子的一门必修技艺，反映着个人勤劳和聪慧的程度，其水平的高低，往往直接影响到她们在人们心目中的地位甚至人生前景。所以，她们总是不断努力，精益求精。浩渺银河边的织女不仅美丽多情，而且智慧勤劳，居然能够“织成云锦天衣”，那纺织、女工的水平简直是出神入化、登峰造极。织女成了古代妇女心目中的偶像和学习的榜样。于是，便有了七夕“乞巧”的活动。据说“乞巧”起于汉代宫中，大概从南朝梁开始流入民间，成为习俗。是夜，妇女们纷纷在庭院里陈瓜果，焚椒香，对月穿针，向织女求取巧艺。这种美好的景象，自然也成了文人骚客的写作题材。

南朝梁诗人刘遵《七夕穿针》诗云:"步月如有意,情来不自禁。向光抽一缕,举袖弄双针。"那"向光抽一缕,举袖弄双针",写的就是女子对月穿针的细节动作。"对月穿针"是不容易的:七夕之月即使再亮,也是弦月之光,并不能朗照,而且时有微云漂浮;再则,所穿之针称为"七子针",这是种特制的扁形七孔针,即针末有七个针孔。光线不亮,针有七眼,要把彩线飞快地穿过去,岂是容易之事?所以,梁简文帝《七夕穿针》诗描写比赛穿针的女子心理说:"针欹疑月暗,缕散恨风来。"线没有穿准怪月色昏暗,线头散开了怪夜风太大,心理的描写真是细致入微。可见古代女子对"七夕穿针"的重视——在这方面的争强好胜,正因为这是女子的立身根本之一。南朝梁柳恽的《七夕穿针》诗别具一格的。诗云"代马秋不归,缁纨无复绪。迎寒理夜缝,映月抽纤缕",这就将单纯的穿针娱乐变为实际的裁衣寄远,于是民俗与社会问题浑融泱洽,天衣无缝。宋代柳永《二郎神》"运巧思,穿针楼上女"。《荆楚岁时记》:"七月七日为牵牛织女聚会之夜，是夕，人家妇女结彩楼穿七孔针……以乞巧。”作者将七夕望月穿针与定情私语绾合一起，又表现了节序的特定内容。

节日诗词

马嵬[1]

[唐]李商隐

海外徒闻更九州[2],他生未卜此生休[3]。
空闻虎旅传宵柝[4],无复鸡人报晓筹[5]。
此日六军同驻马[6],当时七夕笑牵牛[7]。
如何四纪为天子[8],不及卢家有莫愁[9]?

【注释】

① 马嵬:在今陕西兴平县。天宝十五年(756),安禄山率兵入关,唐玄宗仓皇奔蜀,至马嵬驿,六军不进,请杀杨氏兄妹。玄宗乃被迫下令杀杨国忠,命高

力士缢死杨贵妃。

② “海外”句：此用白居易《长恨歌》“忽闻海外有仙山”意，指传说杨贵妃死后居住在海外仙山上，虽然听到了唐王朝恢复九州的消息，但人神相隔，已经不能再与玄宗团聚了。

③ “他生”句：说来世如何尚不可知，而此生的夫妻已经完结了。

④ 虎旅：指跟随玄宗入蜀的禁军。宵柝：夜间报更的刁斗。

⑤ 鸡人：皇宫中报时的卫士。汉代制度，宫中不得畜鸡，卫士候于朱雀门外，传鸡唱。筹：计时的用具。

⑥ 六军同驻马：指马嵬兵变。白居易《长恨歌》：“六军不发无奈何，宛转蛾眉马前死。”

⑦ “当时”句：当年李、杨在长生殿盟誓恩爱，朝朝暮暮，而嘲笑天上的牛郎织女一年只能相会一个夜晚。

⑧ 四纪：四十八年。古人以十二年为一纪。玄宗实在位四十五年。

⑨ 卢家有莫愁：相传为古代洛阳女子。南朝乐府歌辞《河东之水歌》："莫愁十三能织绮，十四采桑南陌头，十五嫁为卢家妇，十六生儿字阿侯。"此以平民女子莫愁婚嫁生活的幸福与帝妃的爱情悲剧作对比。

【今译】

徒然听到传说，海外还有九州，
来生未可预知，今生就此罢休。
空听到禁卫军，夜间击打刁斗，
宫中无需鸡人，报晓敲击更筹。
六军已经约定，全都驻马不前，
遥想当年七夕，还在嘲笑牵牛。
为何历经四纪，身份贵为天子，
不及卢家夫婿，朝朝陪伴莫愁。

【鉴赏】

李商隐的咏史诗借古讽今，毫无顾忌，如诗中直指唐明皇"如何四纪为天子，不及卢家有莫愁"，这样"指斥乘舆"的勇气在政治宽松开明的唐朝也并不多见。本诗以李隆基、杨玉环故事为抒情对象。诗开首即说“海外”，指杨玉环死后，唐玄宗曾令方士去海外寻其魂魄，在海外仙山会见了她，杨贵妃授以钿合金钗，并订他生之约的传说故事。诗人以玄宗心情设想，直说九州更变，四海翻腾，海外徒然悲叹，而“他生”之约，难以实现。三四句承上铺写。“空闻”、“宵柝”，即未闻“宵柝”；“无复”、“报晓”，即不用“报晓”。这些都是承上两句“徒闻”、“未卜”之意，暗指杨玉环被缢于马嵬事。五六句转入实事。“此日”指贵妃赐死之日，“当时”指七夕相约之时。“六军同驻马”指禁军哗变，李、杨两人的爱情也一同“驻马”了，幻灭成空。“七夕笑牵牛”，意为七夕之夜，长生殿上两人曾欢笑密约，并笑牵牛织女一年一度相见之短暂。“当时”曾“笑”他人，而今却不如牵牛织女之长久相恋，相比之下，令人可悯而又可笑。诗人把六军愤慨之情与长生殿秘密之誓，相映成趣，议论深刻，笔锋犀利。七八句以反诘语气反衬作结。说唐明皇贵为天子，但反不如百姓的爱情甜蜜，生活幸福。诗人借“莫愁”以寄托感慨，以“如何”来反问，暗含指责。

诗词故事

七月七日长生殿

七夕是牛郎织女相会的时刻，也是天下有情人发出海誓山盟的时刻。也就在这一天，唐明皇与杨贵妃在长生殿盟誓。它作为七夕的一个别具一格的爱情故事，在七夕诗词中也经常用到。白居易《长恨歌》写道："七月七日长生殿，夜半无人私语时，在天愿为比翼鸟，在地愿为连理枝。"

李商隐《马嵬》诗中写道"此日六军同驻马，当时七夕笑牵牛"，将七夕盟誓和马嵬兵变对照来写，对唐明皇无疑是辛辣的讽刺。柳永《二郎神》中说"钿合金钗私语处，算谁在回廊影下。愿天上人间，占得欢娱，年年今夜"，欧阳修的七夕词《渔家傲》说"有人正在长生殿，暗付金钗清夜半。千秋愿，年年此会长相见"，两首词都用了白居易《长恨歌》中诗句："唯将旧物表深情，钿合金钗寄将去。钗留一股合一扇，钗擘黄金合分钿。但教心似金钿坚，天上人间会相见。"由此来看，唐、宋时男女选择七夕定情，交换信物，夜半私语，可能也是民俗之一。

节日诗词

鹊桥仙·七夕送陈令举①

［宋］苏 轼

缑山仙子②，高情云渺，不学痴牛呆女③。
凤箫声断月明中④，举手谢时人欲去⑤。

客槎曾犯，银河波浪⑥，尚带天风海雨。
相逢一醉是前缘，风雨散、飘然何处？

【注释】

① 陈令举：苏轼的朋友。

② 缑山：山名，即缑氏山。在河南省偃师县府店镇

境内。仙子：指王子乔。传说王子乔在缑山修道成仙。

③ 痴牛呆女：指牛郎织女。因他们不做仙人，要做凡人。所以，苏轼说他们“痴”、“呆”。

④ 凤箫声断：指王子乔喜欢吹笙作凤凰鸣。

⑤ 谢时：指告别尘世，遨游太虚。

⑥ 客槎曾犯，银河波浪：传说中，大海与银河相通。有人从海滨乘浮槎到了银河，遇到牛郎。槎（chá）：竹木筏。

【今译】

缑山仙子王子乔性情高远，
不像牛郎织女要下凡人间。
皎洁的月光中停下吹凤箫，
摆一摆手告别人间去成仙。

听说黄河竹筏能直上银河，
一路上还挟带着天风海雨。
今天相逢一醉是前生缘分，
分别后谁知道各自向何方？

【鉴赏】

这首词咏调名本意是为送别友人陈令举而作。七夕词不写男女离恨，而咏朋友情意，别有一番新味。此词上阕，也紧切七夕下笔，但用的却是王子乔飘然仙去的故事。据刘向《列仙传》载，周灵王太子王子乔，好吹笙作凤凰鸣，游伊洛之间，被道士浮丘公接上嵩高山，三十余年后于山上见柏良，对他说："告我家，七月七日待我于缑氏山巅。"至时，果乘白鹤驻山头，望之不得到，举手谢时人，数日而去。苏轼借这则神话故事，称颂一种超尘拔俗、不为柔情羁縻的飘逸旷放襟怀，以开解友人的离思别苦。发端三句，赞王子乔仙心超远，缥缈云天，不学牛郎织女身陷情网，作茧自缚。一扬一抑，独出机杼，顿成翻案之笔。"凤箫"两句，承"不学"句而来，牛女渡河，两情缱绻，势难割舍；仙子吹箫月下，举手告别家人，飘然而去。前者由仙入凡，后者超凡归仙，趋向相反，故赞以"不学痴牛呆女"。

下阕写自己与友人的聚合与分离，仿佛前缘已定，事有必然。苏轼于熙宁七年九月从杭州通判移任密州知州，与同时奉召还汴京的杭州知州杨元素同舟至湖州访李公择，陈令举、张子野同行，并与刘孝叔会于湖州府园之碧澜堂，称为“六客之会”。张华《博物志》里有个故事说：天河与海相通，年年有浮槎定期往来，海滨一人怀探险奇志，便多带干粮，乘槎浮去。经十余日，至一城郭，遇织布女和牵牛人，便问牵牛人，此是何处。牵牛人告诉他回去后问蜀人严君平便知。后来乘槎人还，问严君平。君平告以某年月日有客星犯牵牛宿，计算年月，正是乘槎人到天河之时。词人借用这则优美的神话故事，比况几位友人曾冲破澄澈的银浪泛舟而行。“客槎”一语双关，明指天河的“浮槎”，暗喻他们所乘的客船。煞拍两句笔墨落到赠别。“相逢一醉是前缘”，写六客之会；“风雨散、飘然何处”，写朋友分袂，各自西东。“一醉是前缘”，含慰藉之意；“飘然何处”，蕴感慨无限。

这首词不但摆脱了儿女艳情的旧套，借以抒写送别的友情，而且用事上紧扣七夕，格调上以飘逸超旷取代缠绵悱恻之风，读来深感词人逸怀浩气超乎尘垢之外。

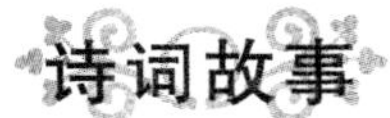

诗词故事

王子乔修道成仙

修道成仙，虽是虚幻，却是人们津津乐道的事情。尤其是那些遭遇种种磨难的诗人，更是对神仙自由自在的生活羡慕不已，这在李白诗歌、苏轼文章中都能看到。

王子乔也是诗人们羡慕的神仙之一。汉刘向《列仙传·王子乔》："王子乔者，周灵王太子晋也。好吹笙作凤凰鸣。游伊洛之间，道士浮丘公接以上嵩高山。三十余年后求之于山上，见桓良曰：'告我家：七月七日待我于缑氏山巅。'至时果乘白鹤驻山头，望之不得到，举手谢时人，数日而去。"

这个传说自然就引起人们的向往。唐代张仲素《缑山鹤》："羽客骖仙鹤，将飞驻碧山。映松残雪在，度岭片云还。清唳因风远，高姿对水闲。笙歌忆天上，城郭叹人间。几变霜毛洁，方殊藻质斑。迢迢烟路逸，奋翮讵能攀。"既有对王子乔的羡慕，也有想学不成的无奈。苏辙《缑山祠》："飞仙不返周王子，重阜

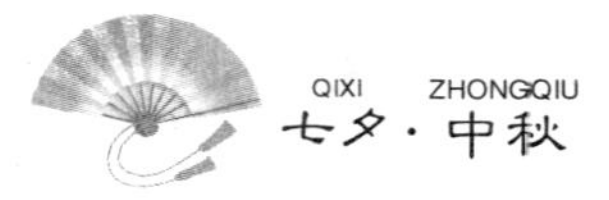

相连少室孙。夜静笙声兼鹤下，回看唯有故山存。”则是咏王子乔事迹。

王子乔吹笙也是诗人常常写到的。唐代钟辂《缑山月夜闻王子乔吹笙》:“月满缑山夜，风传子乔笙。初闻盈谷远，渐听入云清。”宋代司马光《缑山引》:“王子吹笙去不还，当时旧物唯缑山。”这是赞美王子乔吹笙的。徐凝《和川守侍郎缑山题仙庙》:“王子缑山石殿明，白家诗句咏吹笙。安知散席人间曲，不是寥天鹤上声。”这是赞美宴会主人家的音乐，听完了才发现原来是人吹出来的音乐，这样就把如闻仙乐的感觉写出来了。

节日诗词

鹊 桥 仙[1]

［宋］秦　观

纤云弄巧[2]，飞星传恨[3]，银汉迢迢暗度[4]。
金风玉露一相逢[5]，便胜却、人间无数。

柔情似水，佳期如梦，忍顾鹊桥归路[6]。
两情若是久长时，又岂在朝朝暮暮[7]。

【注释】

① 鹊桥仙：原是为咏牛郎、织女的爱情故事而创作的乐曲。鹊桥：喜鹊搭成的桥。传说织女七夕渡河

会见牛郎，让喜鹊为她搭桥。

② 纤云弄巧：纤薄的云彩，变化多端，呈现许多巧妙的花样。

③ 飞星：这里指牵牛、织女两星。传恨：流露出终年不得见面的离恨。

④ 银汉：天河。迢迢：遥远的样子。暗度：悄悄渡过。

⑤ 金风：秋风，秋天在五行中属金。玉露：白露。

⑥ 忍顾鹊桥归路：怎么忍心回顾那条打鹊桥回去的道路呢？

⑦ 朝朝暮暮：指时时在一起。

【今译】

纤云舞弄着巧妙的花样，
飞星传送着离别的惆怅，
暗暗地渡过宽阔的银河。
秋风白露之中一日相逢，
便胜过人间无数的会面。

情感缱绻像水一样温柔，
美好时光如梦一般过去，
怎忍回头看那鹊桥归路！
你我若是真情长久存在，
未必要天天厮守在一块？

【鉴赏】

这首词叙写牵牛、织女二星相爱的神话故事，赋予这对仙侣浓郁的人情味，讴歌了真挚、细腻、纯洁、坚贞的爱情。词中明写天上双星，暗写人间情侣；其抒情，以乐景写哀，以哀景写乐，读来荡气回肠，感人肺腑。

词一开始即写"纤云弄巧"，轻柔多姿的云彩，变化出许多优美巧妙的图案，显示出织女的手艺何其精巧绝伦。可是，这样美好的人儿，却不能与自己心爱的人共同过美好的生活。"飞星传恨"，那些飞驰长空的星星仿佛都传递着他们的离愁别恨。《古诗十九首》说"河汉清且浅，相去复几许？盈盈一水间，脉脉不得语"，仿佛近在咫尺，而秦观却写道"银汉迢迢暗度”，以“迢迢”二字形容银河的辽阔，牛女相距之遥远。千里迢迢来相会，多么不容易！

接下来词人宕开笔墨，以富有感情色彩的议论赞叹道：“金风玉露一相逢，便胜却、人间无数。”一对久别的情侣金风玉露之夜，碧落银河之畔相会了，这美好的一刻，就抵得上人间千遍万遍的相会。词人热情歌颂了一种理想、圣洁而永恒的爱情。

“柔情似水”，那两情相会的情意啊，就像悠悠无声的流水，是那样的温柔缠绵。一夕佳期竟然像梦幻一般倏然而逝，才相见又分离，怎不令人心碎！“佳期如梦”，除言相会时间之短，还写出爱侣相会时的复杂心情。“忍顾鹊桥归路”，转写分离，刚刚借以相会的鹊桥，转瞬间又成了和爱人分别的归路。不说不忍离去，却说怎忍看鹊桥归路，婉转语意中，含有无限惜别之情，含有无限辛酸眼泪。词笔至此忽又空际转身，爆发出高亢的音响：“两情若是久长时，又岂在朝朝暮暮！”秦观这两句词揭示了爱情的真谛：爱情要经得起长久分离的考验，只要能彼此真诚相爱，即使终年天各一方，也比朝夕相伴的庸俗情趣可贵得多。这两句感情色彩很浓的议论，与上阕的议论遥相呼应，这样上、下阕同样结构，叙事和议论相间，从而形成全篇连绵起伏的情致。这种高尚的精神境界，远远超过了古代同类作品，是十分难能可贵的，因而成为爱情颂歌中的千古绝唱。

诗词故事

七月七鹊桥相会

牛郎、织女的传说，由来已久。在《诗经》中，织女、牵牛还只是天河二星，并无神的色彩。到了汉代，牵牛、织女便由星变成了神，有了鹊桥相会的说法。唐代韩鄂《岁华纪丽》引《风俗通义》说:“织女七夕当渡河，使鹊为桥。”《古诗十九首》:“迢迢牵牛星，皎皎河汉文。纤纤擢素手，札札弄机杼。终日不成章，泣涕零如雨。河汉清且浅，相去复几许。盈盈一水间，脉脉不得语。”更明确了他们的夫妻关系。南朝梁殷芸《小说》说:“天河之东有织女，天帝之子也。年年机杼劳役，织成云锦天衣，容貌不暇整。帝怜其独处，许嫁河西牵牛郎，后遂废织经。天帝怒，责令归河东，但使一年一度相会。”吴均《续齐偕记》说：“桂阳成武丁有仙道，常在人间，忽谓其弟曰：‘七月七日，织女当渡河，诸仙悉还宫；吾向已被召，不得停，与尔别矣。’弟当问：‘织女何事渡河？兄当何还？’答曰：‘织女暂诣牵牛，吾去后三十年当还耳。’明旦，成武丁所在。世人至今犹云七月七日织女嫁牵牛。”牛郎、织女的传说在民间不断地丰富情节，形成了完整的故事。

诗词中，《古诗十九首·迢迢牵牛星》是以牛郎、织女为题材而情节又较为完整的最早的作品。自此后，牛郎、织女双星这个美丽的神话，屡屡见诸歌咏。隋代王眘《七夕》：“天河横欲晓，凤驾俨应飞。落月移妆镜，浮云动别衣。欢逐今宵尽，愁随还路归。犹将宿昔泪，更上去年机。”基本上完整地讲述了这个故事。杜牧《秋夕》“天阶夜色凉如水，坐看牵牛织女星”，则是含蓄地用来暗示宫女的心事。欧阳修《渔家傲·七夕》“乌鹊桥边新雨霁，长河清水冰无地。此夕有人千里外，经年岁，犹嗟不及牵牛会”，用此典故来说错过佳期。李清照《行香子·七夕》“星桥鹊驾，经年才见，想离情、别恨难穷。牵牛织女，莫是离中。甚霎儿晴，霎儿雨，霎儿风"，用来说牛郎、织女更长久的还是分别。范成大《鹊桥仙·七夕》则说："相逢草草，争如休见，重搅别离心绪。新欢不抵旧愁多，倒添了、新愁归去。"朱淑真《鹊桥仙·七夕》"巧云妆晚，西风罢暑，小雨翻空月坠。牵牛织女几经秋，尚多少、离肠恨泪。微凉入袂，幽欢生座，天上人间满意。何如暮暮与朝朝，更改却、年年岁岁"，更是直接挑战秦观的名句"两情若是久长时，又岂在朝朝暮暮"，要把"朝朝暮暮"改为"年年岁岁"。诗词作者各以他们自己的情事和见解让传统的神话故事不断焕发出奇异的光彩。

节日诗词

行香子

[宋]李清照

草际鸣蛩①，惊落梧桐②。正人间天上愁浓。
云阶月地③，关锁千重④。
纵浮槎来⑤，浮槎去，不相逢。

星桥鹊驾⑥，经年才见，想离情别恨难穷。
牵牛织女，莫是离中⑦。
甚霎儿晴⑧，霎儿雨，霎儿风。

【注释】

① 蛩(qióng)：蟋蟀。

② 惊落梧桐：梧桐从立秋起开始落叶。

③ 云阶月地：云做阶梯月做地，指天宫。

④ 关锁：关卡封锁。

⑤ 浮槎：指往来于海上和天河之间的木筏。张华《博物志》记载，天河与海可通，每年八月有浮槎，来往从不失期。有人矢志要上天宫，带了许多吃食浮槎而往，航行十数天竟到达了天河。此人看到牛郎在河边饮牛，织女却在很遥远的天宫中。此三句系对张华上述记载的隐括，借喻词人与其夫的被迫分离之事。

⑥ 星桥鹊架：传说每年农历七月七日晚，有喜鹊在星河中搭桥，牛郎织女相会一次。

⑦ 莫是：莫非是，难道是。

⑧ 甚霎儿："甚"是领字，此处含有"正"的意思。霎儿：一会儿。

【今译】

蟋蟀在草丛中鸣叫，梧桐叶从树上飘落。

正是人间天下深深忧愁时，秋天来临了。
云做台阶，月做地面，月宫里关卡重重。
就是乘浮槎来，乘浮槎去，也难以相逢。

喜鹊架桥，横贯天河，一年也只见一面。
想想离别恨，相思情，哪里有停息时候。
就是天上牵牛与织女，也是在离别之中。
经受着一会儿晴，一会儿雨，一会儿风。

【鉴赏】

这首词具体创作年代不详，大约是词人同丈夫婚后又离居的时期。主要借牛郎、织女的神话传说，写人间的离愁别恨，凄恻动人。

每年七夕，人们遥望天上的织女星和牵牛星，想起关于他们的美丽传说，无不感叹。这样的日子里，正受别离之苦的词人，感触更深。“草际鸣蛩，惊落梧桐”，这两句从听觉入手，不仅增强了下句的感伤情调，而且给全词笼罩上一层凄凉的气氛。“正人间天上愁浓”是作者仰望牵牛、织女发出的悲叹。七夕虽为牛、女相会之期，然而也是离别之日。倾诉一年来的别离之苦，想到今夜之后又要分别一年，心情更痛苦。“人间”别离中的男女，想到牛、女今夜尚能相见，自己却无此机会，内心的悲愁，可见一斑。“愁浓”二字，写尽辛酸。

“云阶月地，关锁千重。纵浮槎来，浮槎去，不相逢。”望着银河，望着云月，幻觉中进入了想象中的天上世界。天宫以月为地，以云为阶，重重关锁，即使她像昔人那样乘槎去到天上，又乘槎回来，也不能同织女、牵牛相逢。这几句字面虽写天上，用意则人间。“关锁千重”，极言阻隔之深，致使有情男女不得会合团聚，其中寄托词人个人的别恨。

下阕仍是作者仰望银河双星时浮现出来的想象世界。传说夏历七月七日夜群鹊银河衔接为桥渡牛、女相会，称为“鹊桥”，也称“星桥”。分别一年，只得一夕相会，离情别恨，自然年年月月永无穷尽。正当人们悲叹牛、女常年别离时，刚刚相会的他们，又要别离了。“莫是离中”的“莫”为猜疑之词，即大概、大约之意。结尾三字用一“甚”字总领，与上阕末三句句式相同，为此词定格。“甚”这里是时间副词，作“正当”、“正值”的“正”解释。“霎儿”是口语，指短暂的时间，意思是一会儿。牵牛、织女正是人间别离男女的化身，对他们不幸遭遇的叹恨，正是对人间离愁别情的叹恨。

诗词故事

星槎逐流上银河

星槎是个和牛郎、织女相关的神话传说。据张华《博物志》卷十记载：“旧说云天河与海通。近世有人居海渚者，年年八月有泛槎去来，不失期，人有奇志，立飞阁于查上，多赍粮，乘槎而去。十余日中犹观星月日辰，自后茫茫忽忽亦不觉昼夜。去十余日，奄至一处，有城郭状，屋舍甚严。遥望宫中多织妇，见一丈夫牵牛渚次饮之。牵牛人乃惊问曰：‘何由至此？’此人具说来意，并问此是何处，答曰：‘君还至蜀郡访严君平则知之。’竟不上岸，因还如期。后至蜀，问君平，曰：‘某年月日有客星犯牵牛宿。’计年月，正是此人到天河时也。”

因为牵涉到牛郎、织女，所以这个典故也常常出现在七夕诗词中。南朝梁庾肩吾《奉使江州舟中七夕》：“天河来映水，织女欲攀舟。汉使俱为客，星槎共逐流。”正是用了这个典故。因自己奉使江州，和传说中的张骞一样，都是被皇家所派遣，俱为使者身份，漂摇江上，自己在旅程的船上遇到七夕节，很容易想到这个典故。

苏轼《鹊桥仙·七夕送陈令举》“客槎曾犯，银河微浪，尚带天风海雨”，以此典故来说朋友乘舟来访，带有比喻性质。又《鹊桥仙·七夕和苏坚韵》“乘槎归去，成都何在，万里江沱汉漾”，又结合成都严君平问卜事，也是切合苏轼家乡的典故。李清照《行香子》“纵浮槎来，浮槎去，不相逢”，她是注意到故事中，牛郎在河边饮牛，织女却在很遥远的天宫中，还是离多聚少，由此抒发离愁别绪。

扩展阅读

七夕穿针[1]

［南朝·梁］柳　恽[2]

代马秋不归[3]，缁纨无复绪[4]。
迎寒理衣缝[5]，映月抽纤缕[6]。
的砾愁睇光[7]，连娟思眉聚[8]。
清露下罗衣，秋风吹玉柱[9]。
流阴稍已多[10]，余光亦难取。

【注释】

① 七夕穿针：据《荆楚岁时记》记载，这天晚上，妇女们纷纷以彩色线穿七孔针，于庭院中陈列瓜果乞巧。

② 柳恽(yùn)(465—517)：字文畅，河东解(今山西运城)人。

③ 代马：指丈夫从军代地(今河北、山西北部)。

④ 缁纨(zī wán)：黑、白绢丝织物。这里指代衣物。绪：整理。这句是说丈夫参军，妻子独处闺中，各色衣裳都无心料理。

⑤ 迎寒：即将天凉了。

⑥ 抽纤缕：穿针孔，缝衣衫。

⑦ 的砾(lì)：光亮鲜明。睇(dì)：注视。

⑧ 连娟：纤细弯曲。眉聚：眉头不展。

⑨ 玉柱：这里代指筝瑟等乐器。

⑩ 流阴：一夜光阴流逝。

七　夕

[隋]王　眘[①]

天河横欲晓[②]，凤驾俨应飞[③]。
落月移妆镜[④]，浮云动别衣[⑤]。
欢逐今宵尽，愁随还路归。
犹将宿昔泪，更上去年机[⑥]。

【注释】

① 王眘(shèn)：生卒年不详，字元恭，隋琅玡临沂(今山东临沂)人。

② 天河：银河。欲晓：将要天亮。

③ 凤驾：仙人的车乘。俨(yǎn)：整理。

④ 落月移妆镜：月儿西沉，犹如织女梳妆已罢，移开明镜。

⑤ 浮云动别衣：浮云舒卷，又如微风吹动别路上织女的衣裾。

⑥ 机：织布机。

幼 女 词

[唐]施肩吾[①]

幼女才六岁，未知巧与拙[②]。
向夜在堂前[③]，学人拜新月[④]。

【注释】

① 施肩吾：生卒不详，字希圣，号东斋，又号栖真

子，睦州（今浙江建德县）人。元和十五年（820）进士。后隐居修道。

② 巧与拙：偏指“巧”，乞巧，暗扣末句“拜新月”事。

③ 向夜：整夜。

④ 学人：学着大人的样。

七 夕

［五代·后唐］杨 璞

未会牵牛意若何①，须邀织女弄金梭②。

年年乞与人间巧，不道人间巧已多③。

【注释】

① 未会：不明白，不理解。意若何：什么用意。

② 弄金梭：（请）织女在天上穿梭织锦。

③ 不道：难道不知道。巧：指人间的虚伪奸诈，是对世道风气的讽刺。

渔 家 傲[①]

［宋］欧阳修[②]

乞巧楼头云幔卷[③]，浮花催洗严妆面[④]。花上蛛丝寻得遍[⑤]。颦笑浅[⑥]，双眸望月牵红线[⑦]。

奕奕天河光不断[⑧]，有人正在长生殿[⑨]。暗付金钗清夜半。千秋愿，年年此会长相见。

【注释】

① 渔家傲：词牌名。又名《吴门柳》、《水鼓子》、《渔父咏》、《游仙咏》等。

② 欧阳修(1007—1072)：字永叔，号醉翁，晚号六一居士，吉水(今属江西)人。

③ 乞巧楼：唐王仁裕《开元天宝遗事·乞巧楼》："宫中以锦结成楼殿，高百尺，上可以胜数十人，陈以瓜果酒炙，设坐具，以祀牛女二星。妃嫔以九孔针、五色线向月而穿之，过者为得巧之候。动清商之曲，宴乐达旦。士民之家皆效之。"云幔：飘荡如云的帷幕。

④ 严妆：盛装。

⑤ 蛛丝：古代有观察珠丝以卜运气的习俗。孟元老《东京梦华录·七夕》："妇女望月穿针，或以小蜘蛛安合子内，次日看之。若网圆正，谓之得巧。"

⑥ 颦(pín)：皱眉。

⑦ 红线：即赤绳，古代传说专司人间婚姻之神，暗中将赤绳系在男女双方脚上，使成为夫妇。后因为姻缘的代称。

⑧ 奕奕：光明的样子。

⑨ 长生殿：白居易《长恨歌》诗中写唐明皇与杨贵妃于七夕在长生殿盟誓事："七月七日长生殿，夜半无人私语时。在天愿为比翼鸟，在地愿为连理枝。"

中华传统节日诗词故事

中　秋

节日来源

中秋节是我国的传统佳节。根据我国的历法，农历八月在秋季中间，为秋季的第二个月，称为“仲秋”，而八月十五又在“仲秋”之中，所以称“中秋”。中秋节有许多别称：因节期在八月十五，所以称“八月节”、“八月半”；因中秋节的主要活动都是围绕“月”进行的，所以又俗称“月节”、“月夕”；中秋节月亮圆满，象征团圆，因而又叫“团圆节”。

根据史籍的记载，“中秋”一词最早出现在《周礼》一书中。到魏晋时，有“谕尚书镇牛淆，中秋夕与左右微服泛江”的记载。直到唐朝初年，中秋节才成为固定的节日。《唐书·太宗记》记载有“八月十五中秋节”。南宋吴自牧在《梦粱录》卷四《中秋》对中秋的解释：“八月十五日中秋节，此日三秋恰半，故谓之中秋。此夜月色倍明于常时，又谓之月夕。”中秋节的盛行始于宋朝，至明、清时，已与春节齐名，成为我国的主要节日之一。这也是我国仅次于春节的第二大传统节日。

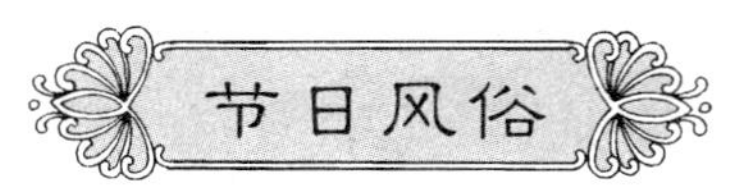

1. 中秋赏月

在中秋节，我国自古就有赏月的习俗，《礼记》中就记载有“秋暮夕月”，即祭拜月神。到了周代，每逢中秋夜都要举行迎寒和祭月。

在唐代，中秋赏月、玩月颇为盛行。在宋代，中秋赏月之风更盛，据《东京梦华录》记载：“中秋夜，贵家结饰台榭，民间争占酒楼玩月。”每逢这一日，京城的所有店家、酒楼都要重新装饰门面，牌楼上扎绸挂彩，出售新鲜佳果和精制食品，夜市热闹非凡，百姓们登上楼台，一些富户人家在自己的楼台亭阁上赏月，并摆上食品或安排家宴，团圆子女，共同赏月叙谈。

2. 中秋观潮

在古代，浙江一带，除中秋赏月外，观潮可谓是又一中秋盛事。中秋观潮的风俗由来已久，早在汉代枚乘的《七发》大赋中就有了相当详尽的记述。汉代以后，中秋观潮之风更盛。明代朱廷焕《增补武林旧事》和宋代吴自牧《梦粱录》也有观潮的记载。这两书所记述的观潮盛况，说明在宋代的时候中秋观潮之事达到了空前绝后的巅峰。每年的农历八月十六前后是观看钱塘江潮的最佳时机，被誉为天下奇观的钱塘江潮，是由海洋的潮汐通过钱塘江喇叭形的入海口而形成的。潮来时，江面波涛汹涌，拥峰叠雪，蔚为壮观。

3. 中秋月饼

北宋皇家中秋节喜欢吃一种“宫饼”，民间俗称为“小饼”、“月团”。苏东坡有诗云：“小饼如嚼月，中有酥和饴。”这种“小饼”，后来就叫做“月饼”，取其团圆之意。宋代周密《武林旧事》中首次提到“月饼”之名称。

到了明代，中秋月饼在民间逐渐流传。当时心灵手巧的饼师，把嫦娥奔月的神话故事作为食品艺术图案印在月饼上，使月饼成为更受人们青睐的中秋佳节的必备食品。

清代，月饼的制作工艺有了较大提高，品种也不断增加，供月月饼到处皆有。清代诗人袁景澜有一首颇长的《咏月饼诗》，其中有“入厨光夺霜，蒸釜气流液。揉搓细面尘，点缀胭脂迹。戚里相馈遗，节物无容忽……儿女坐团圆，杯盘散狼藉”等句，从月饼的制作、亲友间互赠月饼到设家宴及赏月，叙述无遗。

4. 中秋团圆

中秋之夜，月色皎洁，古人把圆月视为团圆的象征，因此，又称八月十五为“团圆节”。古往今来，人们常用“月圆月缺”来形容“悲欢离合”，客居他乡的游子，更是以月来寄托深情。

节日诗词

夜泊牛渚怀古[①]

［唐］李　白

牛渚西江夜[②]，青天无片云。
登舟望秋月，空忆谢将军[③]。
余亦能高咏[④]，斯人不可闻[⑤]。
明朝挂帆席[⑥]，枫叶落纷纷。

【注释】

① 牛渚：牛渚矶。在今安徽省当涂县西北。

② 西江：古称约自南京至今江西一段长江为西江，牛渚也在西江这一段中。

③ 谢将军：东晋谢尚，今河南太康县人，官镇西将军，镇守牛渚时，秋夜泛舟赏月，听到袁宏在运租船中吟诵自己写的《咏史》诗，遂大加赞赏，邀其前来，谈到天明。袁宏从此名声大振，后官至东阳太守。

④ 高咏：高声吟咏。指谢尚赏月时，诗人袁宏在船中高咏。

⑤ 斯人：指谢尚。

⑥ 挂帆席：指扬帆远去。

【今译】

秋夜行舟停泊在西江牛渚矶，
天空湛蓝湛蓝没有一丝游云。
我登上小船仰望明朗的秋月，
徒然记起了东晋的谢尚将军。
我也是一个善于吟唱的高手，
但识贤的谢尚如今难得有闻。
知音难遇明早只好挂帆远去，
前景宛若深秋枫叶飘落纷纷。

【鉴赏】

牛渚，是安徽当涂西北紧靠长江的一座山，北端突入江中，即著名的采石矶。诗题下有原注说："此地即谢尚闻袁宏咏史处。"题中所谓"怀古"，即指此事。诗人借此诗表达渴求知音的心情。

首句开门见山，点题"夜泊牛渚"。次句写牛渚夜景，大处落墨。"青天无片云"展现出一片碧海青天、万里无云的境界。寥廓空明的天宇，和苍茫浩渺的西江，在夜色中融为一体，越显出境界的空阔渺远，而诗人置身其间时油然而生的悠然神韵也就自然融合在里面了。

三四句由牛渚"望月"过渡到"怀古"。谢尚乘月泛江，遇见袁宏月下朗吟，身处空廓渺远之境，最易生出对古今之事的联想，这一富于诗意的故事，与诗人眼前所在之地（牛渚西江）、所见之景（青天朗月）相一致，因此，"望"、"忆"之间，虽有很大跳跃，读来却感到非常自然合理。"望"字当中就包含有诗人由今及古的联想和没有直接阐明的意念活动。"空忆"的"空"字，暗引下文。

诗人别有会心，从这桩历史陈迹中发现了一种令人向往追慕的美好关系——贵贱的悬殊，丝毫没有妨碍心灵的相通；爱才之心，可以打破身份地位的壁障。而这，正是诗人在当时现实中求之而不可得的。诗人的思绪，从眼前的牛渚秋夜景色联想到往古，又由往古回到现实，情不自禁地发出“余亦能高咏，斯人不可闻”的感慨。“不可闻”回应“空忆”，寓含着世无知音的深沉感喟。

“明朝挂帆席，枫叶落纷纷。”末联宕开写景，想象自己挂帆离去的情景。在飒飒秋风中，片帆高挂，客舟即将离开江渚；枫叶纷纷飘落，仿佛是无言地送别寂寞离去的行舟。秋色秋声，进一步传达出因不遇知音而引起的寂寞凄清的情怀。

这首诗如行云流水，纯任天然。这本身就造成一种潇洒自然、风流自赏的意趣，适合表现抒情主人公那种飘逸不群的性格。

诗词故事

中秋夜牛渚玩月

中秋节的正式形成，一般认为是在宋朝，但是八月十五中秋赏月却是由来已久。中秋时节，气温已凉未寒，天高气爽，月朗中天，为玩月最佳时令，人们多爱此时玩月。唐代欧阳詹《玩月诗序》云：“玩月古也，谢赋、鲍诗，朓之亭前，亮之楼中，皆玩月也。”这对中秋节的形成无疑起了推波助澜的作用。

东晋时，“牛渚玩月”是流传至今影响最广的赏月佳话。牛渚(今安徽采石矶)，汉时就隶属丹阳郡秣陵(今属江苏南京市)。早在一千六百年前，东晋在南京(当时称建业)建都，镇守牛渚的谢尚，秋夜乘月，与左右微服泛舟于江上。听到有人在运租船上咏自己的《咏史》诗，大为赞赏，于是邀请过船，这个人就是袁宏。他们一见如故，吟诗畅叙直到天明。当时谢尚是镇西将军，地位高贵，而袁宏只是个靠运租为业的穷书生，但由于对才能的尊重，他们之间打破了身份的地位壁障。袁宏也因为受到谢尚的赞誉，名声大振。从此后，文人雅士纷纷仿效，泛舟、登楼玩月者连绵不绝。

此事见《晋书·袁宏传》，又见刘义庆《世说新语》。唐朝李白诗中经常提到此事，其《劳劳亭歌》云：

“昔闻牛渚咏五章,今来何谢袁家郎?”感慨之余,到城西孙楚酒楼玩月至天亮。其《夜泊牛渚怀古》诗亦云:“登舟望秋月,空忆谢将军。余亦能高咏,斯人不可闻。”只是李白更多的是从怀才不遇的角度来用此典故。

节日诗词

八月十五日夜湓亭望月[①]

[唐]白居易

昔年八月十五夜，曲江池畔杏园边[②]。
今年八月十五夜，湓浦沙头水馆前。
西北望乡何处是，东南见月几回圆。
昨风一吹无人会，今夜清光似往年。

【注释】

① 湓亭：在湓浦口，在今江西九江西湓江汇入长江处。

② 杏园：唐时朝廷举办庆宴的场所。

【今译】

过去八月十五日的明月之夜，
我在曲江池畔的杏园边赏月。
今年同样是八月十五明月夜，
我已在荒僻的江州湓浦水边。
向西北望去哪里是我的故乡，
身在东南月亮已经圆了几次。
昨晚的风吹了一夜无人领会，
今夜月光还和去年一样清凉。

【鉴赏】

元和十年(815)，白居易被贬到江州。他在著名的《琵琶行》中描写过他在江州的心情，“谪居卧病浔阳城”。贬谪已使人心情不畅，再加上生病，更是情绪低落。住在地势低湿的湓江边，“黄芦苦竹绕宅生”，听到的就是“杜鹃啼血猿哀鸣”，因此“往往取酒还独倾”。白居易借着向琵琶女自我介绍的机会，尽情抒发自己在江州的苦闷心情。

《八月十五日夜湓亭望月》也是在江州时写的，承袭了《琵琶行》中的凄凉基调。

前四句是对比。同样是在八月十五的明月之夜，过去他在曲江杏园边赏月，曲江是京城长安的风景胜地，也是唐代的皇家御园，杏园在曲江边，朝廷经常在杏园举办宴庆活动。白居易作为左拾遗，官虽不大，但也有机会参加皇家宴会。八月十五，在繁华的曲江杏园赏月饮酒，他的心情无疑是欢畅的。作为强烈对比的，今年他已经被贬到江州来了，无论是环境还是心情，都形成了极大的反差。

后四句抒发思乡之情。在环境不利、心情低落时更容易想起故乡，何况是在中秋明月之夜。白居易在《望月有感》中就写过“共看明月应垂泪，一夜乡心五处同”的著名诗句，抒发他强烈的思乡情绪。从“东南见月几回圆”可以看到，首句说的“昔年”不能理解为“去年”，而是“几年前”，写这首诗时，他在江州已经有几年了。从中也能看到“昨风一吹无人会，今夜清光似往年”的“往年”，白居易还是在江州。他还是像去年一样处在苦闷之中，还是像去年一样思念他的故乡和亲人。

诗词故事

月是故乡明

故乡是根，故乡是魂。孤身在外，“梦魂常向故乡驰”，这是每个人的共同心理。而月亮是最容易勾起人思乡情怀的媒介，因此，李白会“举头望明月，低头思故乡”（《静夜思》），杜甫浪迹天涯，仍坚信“月是故乡明”（《月夜忆舍弟》）。尤其是在中秋之夜，思乡之情更是强烈而不能自已。

古代诗人写下不计其数的中秋思乡的诗篇，唐代诗人韩偓《中秋寄杨学士》说：“八月夜长乡思切，鬓边添得几茎丝。”因为思乡，鬓发也白了许多。李群玉《中秋夜南楼寄友人》说“他乡此夜客，对景饯多愁”，中秋之夜，远离故乡，即便有山珍海味，有怎能驱散这思乡的忧愁。张祜《题于越亭》“肠断中秋正圆月，夜来谁唱异乡歌”，对漂泊在外的游子来说，中秋令人肠断，情不自禁的兴起怀乡之情。朱庆余《旅中秋月有怀》诗说“久客未还乡，中秋倍可伤”，诉说了自己久居外乡，每逢中秋，思乡之情就格外强烈。

让我来改一下白居易的诗句:“共看明月应垂泪，一夜乡心天下同。”中秋明月让天下游子的思乡之情更为炽热,更为强烈。

节日诗词

月

[南唐]无名僧[①]

徐徐东海出[②],渐渐上天衢[③]。
此夜一轮满[④],清光何处无[⑤]?

【注释】

① 无名僧:本诗作者,众说纷纭。有说是谦明,有说是明光,还有说中唐诗人贯休的,这里采用《全唐诗》的说法,作南唐无名诗僧看待。

② 徐徐:慢慢。

③ 天衢(qú):指天宇。

④ 此夜:指八月十五日夜。一轮:指圆月。

⑤ 清光：指中秋清朗明亮的月光。

【今译】

慢慢地从东海中升起，
渐渐地升到天庭中间。
今晚的月亮圆圆满满，
哪里会没有清朗月光？

【鉴赏】

这是一首中秋咏月诗。其最明显的特点是通篇不用一个“月“字，而句句写月。前两句写月上中天的过程，“徐徐”、“渐渐”都在演示月亮缓缓升起的过程，也是为后两句作了铺垫。后两句描写月在中天的形象，因为是中秋月，因此特别圆满，这是从外形来说，而最突出的一句，也就是最后一句“清光何处无”，用反问句突出了月光普照的景象。“清光”常用来描写中秋的月光，如杜甫《一百五日夜对月》“斫却月中桂，清光应更多”、辛弃疾《太常引》“斫去桂婆娑，人道是清光更多”、樊增祥《中秋夜无月》“亘古清光彻九州”

等。此时，清朗的月光照亮了人间的每一个地方，显示出月光的博大与无私。

据说，这首短小的咏月诗来之不易，宋无名氏《漫叟诗话》说："南唐僧谦明中秋得句云：'此夜一轮满，清光何处无？'先得上句，次年秋方得下句。"黄彻《巩溪诗话》说："旧说贾岛诗如'鸟从井口出，人自岳阳来'，贯休'此夜一轮满，清光何处无'，皆经年方得偶句，以见其辞涩思苦，非若好事者夸辞，亦谬用其心矣。"他们都认为这是一个得句不易的故事。其勤思苦索，和中唐苦吟诗人贾岛类似。不过，诗写得也的确很有声势，大气磅礴，不失为大手笔。

诗词故事

中秋得句夜撞钟

南唐有一个无名诗僧，喜好作诗。有一年中秋夜，他仰头看见天上的月亮非常圆满，于是就吟出了一句诗"此夜一轮满"，但再也想不出下句来。第二年中秋，他又看到类似的情景，又想出一句诗"清光何处无”。正好和去年想到的一句诗连下去，于是狂喜若狂，连夜登上寺院里的钟楼上，敲起钟来，表示庆贺一番。当然这夜半钟声把深夜入眠的人们惊醒了，是谁在擅自敲钟？一看是个和尚，因为得到自以为不错的诗句，得意忘形，就敲起钟来了。于是就把他抓起来送官。

说来也巧，此事恰好被李昪知道了。李昪即后来的南唐皇帝，当时他正准备登基做皇帝。他把和尚叫来一问。和尚就一五一十地把自己玩月得句，兴极敲钟的事说了一遍，并且朗诵了自己写的诗。谁知李昪听了此诗之后，也非常高兴，就下令把他放了。原来李昪认为这首诗对他登基来说，是个好兆头。于是这首描绘中秋之夜月上中天的诗，就被李昪附会成庆贺自己受禅登位的诗。

此事最早见宋代龙衮《江南野录》载："李昪受禅之初，忽半夜寺僧撞钟，满城皆惊，召将斩之。对曰：'夜来偶得《月诗》。'乃曰：'徐徐东海出，渐渐上天衢。此夜一轮满，清光何处无！'喜而释之。"明代蒋一葵《尧山堂外纪》亦有类似记载。这就成了诗僧巧遇知音的故事。只是这位知音别有用心罢了。

把月上中天作为帝王登基的象征,也不是李昪一人。据宋代陈善《扪虱新话》记载:"国初,江南遣徐铉来朝,铉欲以辩胜,至诵后主《月诗》云云。太祖皇帝但笑曰:'此寒士语尔,吾不为也。吾微时,夜至华阴道中,逢月出,有句云:'未离海底千山暗,才到中天万国明。'铉闻,不觉骇然惊服。太祖虽无意为文,然出语雄杰如此。"赵匡胤诗句显然也是以月上中天作为帝王登基的暗示。

节日诗词

御街行

[宋]范仲淹

纷纷坠叶飘香砌①。夜寂静，寒声碎②。
真珠帘卷玉楼空③，天淡银河垂地④。
年年今夜⑤，月华如练⑥，长是人千里⑦。

愁肠已断无由醉，酒未到，先成泪。
残灯明灭枕头欹⑧，谙尽孤眠滋味⑨。
都来此事⑩，眉间心上，无计相回避。

【注释】

① 香砌(qì):砌是台阶,因上有落花,所以称为香砌。

② 寒声碎:寒风吹动落叶,发出细碎的声音。

③ 真珠:即珍珠。古代贵族之家的帘子往往用珍珠穿成,故称真珠帘或珠帘。玉楼:华美的楼阁。

④ 天淡:天高云淡,指天色清朗透明。银河垂地:谓银河斜挂空中,像是倾垂到大地上。

⑤ 今夜:指八月十五中秋节之夜。我国古代风俗,中秋是希望与家人团圆的日子。

⑥ 月华:月光。练:素色的绸绢。形容洁白的月光。此句谓皎洁的月亮像一条垂向大地的白绢。

⑦ 长是人千里:意思是说天公不作美,在这样的日子里,有情人或亲友却往往相隔千里。

⑧ 枕头敧:将头斜靠在枕上。敧(qī):倾斜。

⑨ 谙尽:尝尽。谙,熟知。

⑩ 此事:指相思。

【今译】

纷纷杂杂的树叶飘落在透着清香的石阶上，
夜深人静，那细微的落叶声更增添了凉意。
卷起珍珠穿成的窗帘，楼阁里面空空荡荡，
只见到高天淡淡，银河的尽头像垂到大地。
年年中秋之夜，都能见到那素绡般的明月，
而年年中秋之夜，心上人都远在千里之外。

愁肠已经寸断，借酒浇愁也无法驱除忧愁。
酒还没有入口，就已经化作了辛酸的眼泪。
灯火明灭之间，只好斜靠枕头，躺在床上，
让人尝够了终日相思独自难以入眠的滋味。
等待遥遥无期，整日沉浸在无尽的相思里，
不是愁在眉头，就是愁在心里，无法回避。

【鉴赏】

此词是一首秋夜怀人之作，其间洋溢着一片柔情。诗人写的是哪一夜？诗中似乎没有特别指出，但是细心的读者能够发现，“年年今夜”是个固定的时间，因此不难看出这是写中秋之夜的。“月华如练”正是中秋特点，“长是人千里”为苏轼“千里共婵娟”所本。上阕描绘秋夜寒寂的景象，下阕抒写孤眠愁思的情怀，由景入情，情景交融。

写秋夜景象，作者只抓住秋声和秋色，便很自然地引出秋思。“纷纷坠叶”，主要是诉诸听觉，借耳朵所听到的沙沙声响，感知到叶坠香阶。“寒声碎”这三个字，不仅明说这细碎的声响就是坠叶的声音，而且点出这声响是带着寒意的秋声。一个“寒”字，既是秋寒节候的感受，又是孤寒处境的感受，兼写物境与心境。

这里写玉楼之上，将珠帘高高卷起，环视天宇，显得奔放。“天淡银河垂地”，评点家视为佳句，皆因这六个字勾画出秋夜空旷的天宇。因为千里共月，最易引起相思之情，以月写相思便成为古诗词常用之意境。“年年今夜，月华如练，长是人千里”，写的也是这种意境。

下阕以一个“愁”字写酌酒垂泪的愁意，挑灯倚枕的愁态，攒眉揪心的愁容，形态毕肖。古来借酒解忧解愁成了诗词中常咏的题材。范仲淹写酒化为泪，不仅反用其意，而且翻进一层，别出心裁，自出新意。

古诗词便多以卧不安席来表现愁态。范仲淹这里说“残灯明灭枕头攲”，室外月明如昼，室内昏灯如灭，两相映照，自有一种凄然的气氛。“谙尽孤眠滋味”，由于有前句铺垫，这句独白也十分入情，很富于感人力量。“都来此事”，算来这怀旧之事，是无法回避的，不是心头萦绕，就是眉头攒聚。“眉间心上，无计相回避”，后来李清照《一剪梅》“才下眉头，却上心头”就取意于此。

诗词故事

中秋月明长相思

思念亲人是中秋诗词中的主要内容。如果说“每逢佳节倍思亲”，那么，中秋更因它团圆之月让人触景生情。

唐代王建《十五夜望月》：“中庭地白树栖鸦，冷露无声湿桂花。今夜月明人尽望，不知秋思落谁家？”诗人怅然于家人离散，因而由月宫凄清，引出入骨相思。明明是自己在怀人，偏偏说“秋思落谁家”，这就将诗人对月怀远的情思，表现得蕴藉深沉。

范仲淹《御街行》以细腻的笔触刻画了情人的入骨相思。宋代苏舜钦《中秋夜吴江亭上对月怀前宰张子野及寄君谟蔡大》则是怀念朋友，诗中说：“独坐对月心悠悠，故人不见使我愁。”中秋的月色虽然美好，但是“景清境胜反不足，叹息此际无交游”，没有朋友共赏，成了莫大的缺憾，于是诗人“心魂冷烈晓不寝，勉为此笔传中州”，写下了这首诗。

在说到中秋节对亲人的思念时，不能不提到苏轼的千古绝唱《水调歌头》，词中“转朱阁，低绮户，照无眠”的辗转反侧，“不应有恨，何事长向别时圆”的责问，“人有悲欢离合，月有阴晴圆缺，此事古难全”的宽慰，“但愿人长久，千里共婵娟”的祝愿，以旷达的胸襟写出了中秋相思的深情。

节日诗词

水调歌头

[宋]苏 轼

丙辰中秋[1]，欢饮达旦，大醉，作此篇，兼怀子由[2]。

明月几时有，把酒问青天[3]。
不知天上宫阙，今夕是何年？
我欲乘风归去，又恐琼楼玉宇[4]，高处不胜寒。
起舞弄清影，何似在人间！

转朱阁[5]，低绮户[6]，照无眠。
不应有恨，何事长向别时圆[7]？

人有悲欢离合，月有阴晴圆缺，此事古难全。

但愿人长久，千里共婵娟[8]。

【注释】

① 丙辰：即宋神宗熙宁九年(1076)。

② 子由：即苏轼弟苏辙，字子由。

③ "明月"二句：李白《把酒问月》诗："青天有月来几时，我今停杯一问之。"此用其语。

④ 琼楼玉宇：月宫里的华丽殿堂。

⑤ 朱阁：红漆楼阁。

⑥ 绮户：雕饰华美的窗槅扇。

⑦ 何事：为什么。

⑧ 婵娟：本指女子姿态美好，这里代指月亮。

【今译】

明月从何时开始挂在天上，

我手把酒杯要问一问青天。

不知天上宫阙今夜是何年。

我想凭借长风向天上飞去，
又怕九天云霄的琼楼玉宇，
我会受不了那高处的风寒。
在那里翩翩起舞顾影自怜，
还不如住在这温暖的人间。

月光转过朱阁照在绮窗前，
照得我思绪纷繁彻夜难眠。
月亮和我不应有什么怨恨，
为何在别人别离时它团圆？
人有离别之悲和团聚之乐，
月亮也是有时圆满有时缺，
自古以来就难以做到两全。
但愿人们能够活得更长久，
虽隔千里仍然能共赏明月。

【鉴赏】

这首脍炙人口的中秋词，作于宋神宗熙宁九年（1076），即丙辰年的中秋节，为作者醉后抒情，怀念弟弟苏辙之作。全词运用形象的描绘和浪漫主义的想象，紧紧围绕中秋之月展开描写、抒情和议论，把自己对兄弟的感情，升华到探索人生乐观与不幸的哲理高度，表达了作者乐观旷达的人生态度和对生活的美好祝愿、无限热爱。

上阕表现词人由超尘出世到热爱人生的思想活动，侧重写天上。开篇“明月几时有”一句，借用李白“青天有月来几时，我今停杯一问之”诗意，通过向青天发问，把读者的思绪引向广袤太空的神仙世界。“不知天上宫阙，今夕是何年”以下数句，笔势夭矫迴折，跌宕多彩。“我欲乘风归去，又恐琼楼玉宇，高处不胜寒”几句，写词人对月宫仙境产生的向往和疑虑，寄寓着作者出世、入世的双重矛盾心理。“起舞弄清影，何似在人间”，写词人的入世思想战胜了出世思想，表现了词人执著人生、热爱人间的感情。

下阕融写实为写意，化景物为情思，表现词人对人世间悲欢离合的解释，侧重写人间。“转朱阁，低绮户，照无眠”三句，实写月光照人间的景象，由月引出人，暗示出作者的心事浩茫。“不应有恨，何事长向别时圆”两句，承“照无眠”而下，表面上是对“月圆人不圆”的怅恨，实则是借见月而表达作者对亲人的怀念之情。“人有悲欢离合，月有阴晴圆缺，此事古难全”三句，写词人对人世悲欢离合的解释，表明作者的一种洒脱、旷达的襟怀，齐宠辱，忘得失，超然物外，把作为社会现象的人间悲怨、不平，同月之阴晴圆缺这些自然现象相提并论，视为一体，求得安慰。结尾“但愿人长久，千里共婵娟”，向世间所有离别的亲人（包括自己的兄弟），发出深挚的慰问和祝愿，给全词增加了积极奋发的意蕴。

诗词故事

万家团圆中秋夜

中秋圆月，月光皎洁澄澈。古人把圆月视为团圆的象征，因此，八月十五又称“团圆节”。古往今来，人们常用“月圆”、“月缺”来形容“悲欢离合”。唐代诗人殷文圭的《八月十五夜》写到“万里无云镜九州，最团圆夜是中秋”，这个“团圆夜”不仅是月圆，更重要的是人圆。

中秋夜是万家团圆之时，但事实上却有很多人中秋夜无法和家人团聚，因此，许多人抒发的是中秋节天各一方的忧愁。唐代张祜《题于越亭》“肠断中秋正圆月，夜来谁唱异乡歌”、元代宋方壶《水仙子·居庸关中秋对月》则是一声反问：“月儿，你团圆，我却如何?”这种对离别的怨恨正是建立在月圆人也应当团圆的认识上的。“不应有恨，何事长向别时圆?”这不是故意惹人伤心吗?“但愿人长久，千里共婵娟”之所以流传千古，正因为苏轼以精练而美好的语言表达了人们共同的心声。

月饼的出现，据说也是代表了人们盼望团圆的心愿。明代田汝成《西湖游览志余》：“八月十五谓之中秋，民间以月饼相馈，取团圆之意。”《帝京景物略》记述：“八月十五祭月，其饼必圆……有其妇归宁者，是日必返夫家，曰‘团圆节’也。”

节日诗词

八月十五日看潮五绝(选二)

［宋］苏　轼

定知玉兔十分圆①,已作霜风九月寒。
寄语重门休上钥②,夜潮留向月中看。

万人鼓噪慑吴侬③,犹似浮江老阿童④。
欲识潮头高几许？越山浑在浪花中。

【注释】

① 玉兔：旧说月中有玉兔蟾蜍,后世因以玉兔代月。

② 重门：九重天门。钥：锁。

③ 万人鼓噪：形容潮势涛声，如同万人鼓噪进军。慑：吓唬。吴侬：指吴人。

④ 阿童：西晋名将王濬小名阿童。当年王濬统率长江上游的水军，浮江东下，楼船千里，一举攻下吴都建业（今江苏南京）。

【今译】

知道今晚的月亮一定十分圆，
刮起的风就像九月那样寒冷。
告诉门卫衙门今晚不要上锁，
我还要在月色中去观看海潮。

潮声如敲响万面鼓吓倒吴人，
就像王濬当年浮江攻取都城。
要知道潮水涌起得有多少高，
高高的越山都浸没在浪花中。

【鉴赏】

我国沿海潮汐，以钱塘江海潮最为壮观。每当农历八月十五至十八日，潮势汹涌澎湃，比平时大潮更加奇特，潮头如万马奔腾，山飞云走，撼人心目。历代诗人，多有题咏。苏轼这组中秋观潮诗是其中名作。诗作于神宗熙宁六年（1073）中秋，作者当时任杭州通判。

第一首开头两句："定知玉兔十分圆，已作霜风九月寒。"这年中秋，适逢晴朗，所以作者预知月亮十分团圆，心情也倍加欣喜。次句写晴秋的夜晚，风里带有霜气，虽在仲秋，因地近钱塘江入海之口，已有九月的寒意。作者设想在月夜看潮，海滨一定是比较清冷的，而景象一定也更加奇妙。三四两句："寄语重门休上钥，夜潮留向月中看。"作者此时住在郡斋，所以招呼管门的小吏说："这重门休得上锁，我将要在月夜看潮呢！"这一首只是作出看潮的打算，是一组诗的开头。

第二首前两句："万人鼓噪慑吴侬，犹似浮江老阿童。"连用两个比喻，描绘潮来的威势。先写所闻，次写所见。怒潮掀天揭地呼啸而来，潮头奔涌，声响洪大，犹如万人鼓噪，使弄潮和观潮的吴侬，无不为之震慑。第一句中,暗用了春秋时代吴越战争中的一个故事。鲁哀公十七年(公元前478),越国军队在深夜中进攻吴军的中军,就在战鼓声中,万军呼喊前进,使吴军主力于震惊之余,一败涂地。作者借用这一战役越军迅猛攻坚的声威,来比喻奔啸的潮头,可说非常形象。第二句中,作者又用另一个威势壮猛的比喻,说是怒潮之来,犹如当年王濬统率长江上游的水军,浮江东下,楼船千里,一举攻下吴都建业(今江苏南京)。这两个借喻,都从海潮的气势着笔,是实景虚写,借以开拓人们的想象力。三四句"欲识潮头高几许、越山浑在浪花中"是实景实写,这潮头究竟有多高呢?越山竟好似浮在浪花中间了。白浪滔天,怒潮如箭,诗的境界,也仿佛图画一样展现在人的眼前了。

诗词故事

中秋观潮

我国沿海潮汐,以钱塘江海潮最为壮观。由于钱塘江口地形类似一漏斗,每当海潮涌至,波浪便重重

叠叠堆积成一道水墙，声势极为壮观。观潮时间，从农历八月十五至十八日，因此，中秋观潮就成为中秋节的重要节目，历代诗人，多有题咏。

白居易曾任杭州刺史，他在《忆江南》写道："山寺月中寻桂子，郡亭枕上看潮头。"由于词句短小，笔墨有限，给人的印象也不免模糊。赵嘏《钱塘》诗云："一千里色中秋月，十万军声半夜潮。"写得极有气势，可惜篇幅不全，只剩残句。宋代陈师道《十七日观潮》："漫漫平沙走白虹，瑶台失手玉杯空。晴天摇动清江底，晚日浮沉急浪中。"在描写江潮气势时充满瑰奇的想象。宋初的潘阆，他写自己观潮后的心情是"别来几向梦中看，梦觉尚心寒"(《酒泉子》)，主要言其惊心动魄之感。苏轼在任杭州通判时写的《八月十五看潮五绝》，其首绝曰："定知玉兔十分圆，已作霜风九月寒。寄语重门休上钥，夜潮留向月中看"。辛弃疾《摸鱼儿·观潮上叶丞相》"滔天力倦知何事？白马素车东去。堪恨处，人道是、子胥冤愤终千古"，在他看来，那滔天而来的白浪，正是伍子胥的幽灵驾着素车白马而来！史达祖《满江红·中秋夜潮》，继承苏、辛豪放词风，写出了夜潮的浩荡气势，写出了皓洁的中秋月色，更借此抒发了自己胸中的一股激情，令人读后产生如闻钱塘潮声击荡于耳的感觉。周密在《武林旧事》中更具体地描述了潮水震撼天地的磅礴气势："方其远出海门，仅如银线，既而渐近，则玉城雪岭，际天而来。大声如雷霆，震撼激射，吞天沃日，势极雄豪。"

节日诗词

木兰花慢[①]

[宋]辛弃疾[②]

中秋饮酒将旦[③]，客谓前人诗词有赋待月，无送月者，因用《天问》体赋[④]。

可怜今夕月[⑤]，向何处、去悠悠？是别有人间[⑥]，那边才见，光影东头？是天外空汗漫[⑦]，但长风浩浩送中秋？飞镜无根谁系[⑧]？姮娥不嫁谁留[⑨]？

谓经海底问无由[⑩]，恍惚使人愁。怕万里长鲸，纵横触破，玉殿琼楼[⑪]。蛤蟆故堪浴水[⑫]，问云何玉兔解沉浮[⑬]？若道都齐无恙[⑭]，云何渐渐如钩？

【注释】

① 木兰花慢：词牌名。唐教坊曲有《木兰花》，本调是柳永根据唐曲旧名翻演的慢词。

② 辛弃疾(1140—1207)：字幼安，号稼轩，济南历城(今属山东)人。

③ 旦：天亮。

④《天问》：《楚辞》篇名，屈原作，全文由一百七十多个问题组成，都是对“天”，即自然现象、神话传说及历史人物等的询问。

⑤ 可怜：可爱。

⑥ 别：另外。

⑦ 汗漫：漫无边际。

⑧ 飞镜：指月亮。

⑨ 姮娥：即嫦娥。

⑩ 谓经海底：古人认为月亮是海底出来的。

⑪ 玉殿琼楼：传说中的月中建筑。

⑫ 蛤蟆(há ma)：即蟾蜍。故：原本。堪：能够。浴水：游泳。

⑬ 玉兔：传说月中有玉兔捣药。

⑭ 无恙：无损伤。

【今译】

今晚的月亮，多么可爱啊！
它将去什么遥远的地方？
是否另外还有一个人间，
那边月儿正好从东方升起？
还是广阔天外，无边无际，
浩荡的长风将月儿送去？
明镜一样的月亮高悬天空，
它没有根，怎会悬空不坠？
嫦娥老呆在月宫里不出嫁，
又是谁把她长期留在那里？

据说月亮西沉后经过海底，
可这问谁呢？真令人发愁。

真怕那万里巨鲸横冲直撞，
毁坏了月宫中的玉殿琼楼。
如果月亮经过海底又东升，
月中的金蟾还能说会游泳，
可不会浮水的玉兔怎么办？
如果说月宫中一切都太平，
为何又渐渐变成月牙了呢？

【鉴赏】

题前小序说，前人诗词有赋月者而无送月者，本词别开生面，从“送月”这一新的角度进行了思考。送月，怎么送法呢？既不思乡吊人，也不怀古伤今，而是对月亮提出一系列的疑问。

“可怜今夕月”，首句先对月亮赞美，以下便接连提出疑问，“向何处，去悠悠？是别有人间，那边才见，光影东头？”他先问，可爱的月亮降落到什么遥远的地方去了？继而问，是不是另外还有一个人间，那里的人们刚刚看到月亮从东方升起？“是天外空汗漫，但长风浩浩送中秋？飞镜无根谁系？姮娥不嫁谁留？”

在对月亮的出没作了猜想之后，词人又针对有关月亮的自然现象和神话传说提出了一系列的疑问：是不是天外空空荡荡无涯无际，只是一股大风把明月送走了？月亮无根悬在空中，是谁把它系住了？月宫的嫦娥不出嫁是谁把她留住了？这些问题对今天的人来说虽然不算问题，但就辛弃疾生活的时代来说，也只有像他这样想象丰富的人，才能提出这样的问题。

下阕紧承上阕，继续对有关月亮的所有传说，陈述了自己的想法。“谓经海底问无由，恍惚使人愁。”这两句是针对月亮的运行路线说的。有人认为月亮运行经过海底，却又无从查问，这种说法让人迷茫困惑、忧虑不解。以下三句由“怕”字领起，是写词人的担忧，如果月亮真的经过海底，他真担心海中往来奔突的鲸鱼，撞坏了月宫中的华美宫殿、亭台楼阁。“蛤蟆故堪浴水，问云何玉兔解沉浮？”传说中月亮上面还有蟾蜍和玉兔，他禁不住问，在月亮通过海底的时候，本来就会游水的蛤蟆固然无妨，那玉兔不通水性，又怎么办呢？结尾二句，“无恙”是对上边疑问的总结，是说如果月宫中的房子不被撞坏，玉兔也和蛤蟆一样，顺利渡过大海，没有发生任何问题，那么圆圆的月亮又为什么渐渐地会变成“钩”的形状呢？

全词一气呵成，视野广阔，构思新颖。既有浪漫主义色彩，又包含生活逻辑，且有难能可贵的科学断想，彻底打破前人咏月的陈规，道前人所未道，其境界较那些单纯描写自然景物的咏物词更高一筹。

诗词故事

自古诗人多问月

“月亮”属于诗人，你看有多少诗人对月发出了天真奇特的问话。对月的好奇，引出了诗人神奇瑰丽的想象和无限的感怀。屈原很早在“问天”时就问过“月”了。唐代诗人张若虚《春江花月夜》也提出：“江畔何人初见月？江月何年初照人？”李白《把酒问月》：“白兔捣药秋复春，嫦娥孤栖与谁邻？”诗人不是天文学家，诗人问月只是借以抒发怀抱，表达他们美好的愿望，如苏轼的《水调歌头》（“明月几时有”）表达了“但愿人长久，千里共婵娟”的美好祝愿。在对月发出一个个疑问中，诗人们又把有关月亮的一些优美神话传说和生动比喻交织成一幅形象完美的绚丽图画，给人以极大的艺术享受。

这面对宇宙的遐想也有着对宇宙天体的观察与思考。辛弃疾也用《天问》体写了一首《木兰花慢》，由于它打破了历来咏月的成规，发前人之所未发，充分表现了作者丰富的想象力和大胆的创新精神，也引起后人惊奇。月亮绕地球旋转这个科学现象的发现，曾引起天文学界的革命。但在哥白尼前三四百年，辛弃疾在观察月升月落的天象时，已经隐约猜测到这种自然现象了。王国维在《人间词话》中说："稼轩中秋饮酒达旦，用《天问》体作《木兰花慢》以送月曰：'可怜今夕月，向何处、去悠悠？是别有人间，那边才见，光影东头？'词人想象，直悟月轮绕地之理，与科学家密合，可谓神悟！"

节日诗词

太常引·建康中秋夜，为吕叔潜赋[1]

［宋］辛弃疾

一轮秋影转金波。飞镜又重磨[2]。
把酒问姮娥[3]：被白发欺人奈何[4]？

乘风好去[5]，长空万里，直下看山河。
斫去桂婆娑，人道是清光更多[6]。

【注释】

①吕叔潜：名大虬，是当时一位文人。作于淳熙元年(1174)中秋，时作者再度出仕建康。

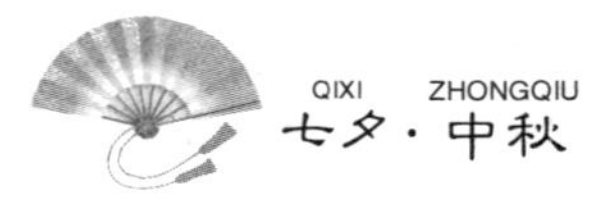

②“一轮”两句：言明月皎洁，似飞镜重磨。秋影：秋月。金波：形容月光浮动，因亦指月光。《汉书·礼乐志·郊祀歌·天门》：“月穆穆以金波。”谓月光清明柔和，如金色流波。飞镜：飞天铜镜，喻月。

③ 姮(héng)娥：指神话传说中的月里嫦娥，此代指月。

④ 白发欺人：白发日增，似有意欺人。薛能《春日使府寓怀》：“青春背我堂堂去，白发欺人故故（屡屡）生。”

⑤ 好去：好生前去。

⑥“斫去”两句：化用杜甫《一百五日夜对月》诗句：“斫却月中桂，清光应更多。”斫(zhuó)：砍。桂婆娑(suō)：指桂枝。婆娑：枝叶飘舞貌。神话传说谓月宫有桂树，更有吴刚伐桂之说。《酉阳杂俎》：月桂高五百丈，下有一人，常斫之，树创遂合。人姓吴，名刚，西河人，学仙有过，谪令伐树。这里暗指只有除掉当道的权奸，恢复失地才有希望。周济云：“所指甚多，不止秦桧一人。”

【今译】

一轮明月放射出耀眼的光芒，
好像一面铜镜又重新打磨过。
端起酒杯，我要问一问嫦娥，
这白发欺负我，对它怎么办？

我真想乘风飞到万里高空上，
能够从上面往下看万里山河。
我要把月宫里桂树枝条砍掉，
人间就能够得到更多的月光。

【鉴赏】

辛弃疾这首《太常引》，运用浪漫主义的艺术手法，通过古代的神话传说，强烈地表达了自己反对妥协投降、立志收复中原失土的政治理想。

这首词的上阕，词人巧妙地运用神话传说构成一种超现实的艺术境界，以寄托自己的理想与情怀。作者在中秋之夜，对月抒怀，很自然地想到与月有关的神话传说：吃了不死之药飞入月宫的嫦娥，以及月中高五百丈的桂树。词人运用这两则有关月亮的神话传说,借以表达自己的政治理想和阴暗的政治现实的矛盾。“被白发欺人奈何?”这一句有力地展示了英雄怀才不遇的内心矛盾。词的下阕,作者又运用想象的翅膀,直入月宫,并幻想砍去遮住月光的桂树。想象更加离奇,更加远离尘世,但却更直接、强烈地表现了词人的现实理想与为实现理想的坚强意志,更鲜明地揭示了词的主旨。

作者这里所说的挡住月光的“桂婆娑”,实际是指带给人民黑暗的婆娑桂影,它不仅包括南宋朝廷内外的投降势力,也包括了金人的势力。这首词还可以理解为一种更广泛的象征意义,即扫荡黑暗,把光明带给人间。

诗词故事

吴刚斫桂

碧海青天,一轮皎洁的月亮让自古而今的人们产生无穷无尽的遐想。嫦娥奔月、吴刚斫桂是这些神奇想象的代表。仰望一轮明月，可见月亮中有些阴影，传说那是月宫中的桂树，《淮南子》说“月中有桂树”，说明月宫桂树的想象早已有之。但吴刚伐桂的故事到唐代才出现。李贺《箜篌引》说“吴质不眠倚桂树”，诗中的“吴质”亦即“吴刚”。诗中用“吴质”的也很多，如唐韩偓《阑干》：“吴质谩言愁得病，当时犹不凭阑干。”元代吴师道《中秋次同院人韵》：“终宵倚树怜吴质，何处登楼觅庾公。”清代纪昀《阅微草堂笔记·滦阳续录四》：“倚树思吴质，吟诗忆许棠。”

最早记载吴刚伐桂的神话的文献是唐代段成式《酉阳杂俎》，该书云：“旧传月中有桂，有蟾蜍，故异书言月桂高五百丈。下有一人，常斫之，树创遂合。人姓吴，名刚，西河人，学仙有过，谪令伐树。”这段话大意是说：月中桂树高达五百丈，这株神桂不仅高大，而且能自己愈合斧伤。月中吴刚，本为樵夫，醉心于仙道，然而不幸触犯了天条，因此天帝震怒，把他打发到寂寞的月宫，令他在广寒宫前伐桂树，只有砍倒桂树才能免罪。可是吴刚每砍一斧，斧起而树伤就马上愈合了，所以他也只好不断地砍下去。唐代诗人李商隐诗:“莫羡仙家有上真,仙家暂谪亦千春。月中桂树高多少,试问西河斫树人。”也记述了同样的故事。从这里也能看到,吴刚伐桂的故事已经流传开来了。宋代诗人宋祁《嘲月诗》“吴生斫钝西河斧,无奈婆娑又满轮”,杨万里《九月十五夜月二绝句》之一“吴刚玉斧何曾巧,斫尽南枝放北枝”,用的都是这个典故,只是认为吴刚技术还不熟练,南枝砍得多,北枝就放纵不砍了。他认为这是他独到的发现。

在许多诗人沉浸在对吴刚无休无止斫桂的同情时,杜甫《一百五日夜对月》“斫却月中桂,清光应更多”,给了吴刚斫桂以新的意义。陆游《楼上醉歌》也说道:“划却君山湘水平,斫却桂树月更明。”不过,辛弃疾《太常引》“斫去桂婆娑,人道是清光更多”的影响似乎更大一些。其后,元代张养浩《折桂令·中秋》“玉露泠泠,洗秋空银汉无波,比常夜清光更多,尽无碍桂影婆娑”、宋方壶《水仙子·居庸关中秋对月》“一天蟾影映婆娑,万古谁将此镜磨”,都能明显看到辛词的痕迹。吴刚也因此成了铲除阴影的功臣。

节日诗词

［越调］寨儿令·明月楼

［元］张可久[①]

玉斧磨[②]，锦云窝[③]，栏杆四时秋意多。
画栋嵯峨[④]，丹桂婆娑[⑤]，车马闹鸣珂[⑥]。
斗婵娟光漾银河，立娉婷香捧金波[⑦]。
唐明皇游广寒[⑧]，李谪仙问姮娥[⑨]。他，不醉待如何？

【注释】

① 张可久（约 1270—1346）：字小山，庆元（今浙江省鄞县）人。一生仕途不得意，徜徉山水，诗酒消

磨。平生专写散曲。

② 玉斧：用“玉斧修月”典故。传说月亮是不断用斧子修理才那么圆的。唐代段成式《酉阳杂俎·天咫》说：唐太和中郑仁本表弟游嵩山，见一人枕襆而眠，问其所自，其人笑曰：“君知月乃七宝合成乎？月势如丸，其影，日烁其凸处也。常有八万二千户修之，予即一数。”

③ 锦云：灿烂如锦的云彩。

④ 嵯峨：形容盛多。

⑤ 婆娑：这里形容桂树枝叶繁多的样子。

⑥ 鸣珂：达官贵人所乘坐的马，常以玉为装饰，行走时就发出悦耳的声响。

⑦ 婵娟、娉婷：都表示姿态美好的样子。

⑧ 唐明皇：即唐玄宗李隆基。广寒：广寒宫，神话中月中宫殿。传说唐玄宗曾梦游月宫，听仙乐。旧题柳宗元《龙城录》有《明皇梦游广寒宫》。

⑨ 李谪仙：即唐诗人李白，贺知章称其为“谪仙人”。问姮娥：李白《把酒问月》“白兔捣药秋复春，嫦娥孤栖与谁邻？”姮娥：即嫦娥。

【今译】

把斫桂的玉斧磨了又磨，
月亮的四周铺满了彩云，
凭栏望，秋天感触最多。
一眼望去到处雕梁画栋，
月宫里，丹桂枝叶繁多，
车马来往，珮玉声悦耳。
仙女斗艳，银河光闪烁，
亭亭玉立，香飘捧金波。
唐明皇曾经游览广寒宫，
李白也关心地问过嫦娥。
他，不醉，还会怎么样？

【鉴赏】

明月楼，未必是楼的名称，而是指在月光照耀下的楼。唐代诗人张若虚在《春江花月夜》中曾经写道："谁家今夜扁舟子？何处相思明月楼？"这"明月楼"也是指月光照耀下的楼。如果说，张若虚诗中写的是游子思念明月楼中的女子，那么，张可久曲中写的是诗人在明月楼中赏月。

中秋之夜，月光给大地披上神秘的银纱，一切景物都显得那么朦胧，更催发人的梦幻。仰望天穹，月亮被玉斧修理得圆圆满满，月亮周围都是灿烂的云彩。诗人凭栏眺望，觉得一年四季中，秋天给人的感触是最多的。

接下来，描写的是月宫里的情形。这完全是凭借前人的神话描述来写的。托名柳宗元写的《龙城录·明皇梦游广寒宫》写道，唐明皇等“三人同在云上游月中。过一大门，在玉光中飞浮，宫殿往来无定，寒气逼人，露濡衣袖皆湿。顷见一大宫府，榜曰：广寒清虚之府。其守门兵卫甚严，白刃粲然，望之如凝雪。时三人皆止其下不得入，天师引上皇起跃，身如在烟雾中，下视王城崔峨，但闻清香霭郁，下若万里琉璃之田，其间见有仙人道人乘云驾鹤往来若游戏。”把冷清清的月宫写得热闹非凡。“斗婵娟光漾银河，立娉婷香捧金波”两句则是写月宫中的仙女，中秋节，她们把月光播撒到大地。

“唐明皇游广寒，李谪仙问姮娥。他，不醉待如何?”如此美好的月宫,吸引了唐明皇去游览,李白对月宫中的事情也很关心。一个是风流天子,一个是才华横溢的诗人,他们都被月宫所吸引,那么楼中人就更是陶醉在中秋夜的遐想之中了。

诗词故事

明皇中秋游月宫

中秋节和可爱而又不可琢磨的月亮有关,因此有关中秋节的神话传说最多,唐明皇游月宫也是其中脍炙人口的一则神话。据《龙城录》记载,开元六年,唐明皇与申天师、道士鸿都客,在八月十五日夜,凭借天师作法,三人同在云上游月。他们穿过一个大门,在月光中飞浮。月中宫殿往来无定,寒气逼人,露濡衣袖皆湿。忽然看见一座大宫府,上面挂着一块匾,写到“广寒清虚之府”。门口有兵士守卫。他们三人也进不去。后来申天师做法,让唐明皇腾空跃起,下视王城崔巍,但闻清香霭郁,视下若万里琉璃之田,其间见有仙人道士,乘云驾鹤,往来若游戏。少焉,步向

前，觉翠色冷光，相射目眩，极寒不可进。下见有素娥十余人，皆皓衣，乘白鸾，往来舞笑于广陵大桂树之下。又听乐音嘈杂，亦甚清丽。上皇素解音律，熟览而意已传。顷，天师亟欲归，三人下若旋风，忽悟，若醉中梦回尔。次夜，上皇欲再求往，天师但笑谢不允。上皇因想素娥风中飞舞袖被编律成音，制霓裳羽衣舞曲，自古至今，清丽无复加于是矣。

这个故事在许多书中都有记载，只是内容有所不同。如唐代李肇《逸史》说：唐开元年间，中秋之夜，方士罗公远邀玄宗游月宫，掷手杖于空中，即化为银色大桥。过大桥，行数十里，到达一大城阙，横匾上有“广寒清虚之府”几个大字，罗公远对玄宗说：“此乃月宫也”，见仙女数百，素衣飘然，婀娜多姿，随音乐翩翩舞于广庭中。玄宗看得如痴如醉，默记仙女优美舞曲，回到人间后，即命伶官依其声调整理出一首优美动听的曲子，然后配上模仿月宫仙女舞姿的舞蹈，这就是闻名后世的《霓裳羽衣曲》，成为千古佳话，月宫从此也有“广寒宫”之称。

节日诗词

[双调]水仙子·居庸关中秋对月[1]

[元]宋方壶[2]

一天蟾影映婆娑[3],万古谁将此镜磨[4]?年年到今宵不缺些儿个。

广寒宫好快活[5],碧天遥难问姮娥[6]。

我独对清光坐[7],闲将白雪歌[8],月儿,你团圆,我却如何[9]!

【注释】

① 居庸关:居庸关是长城的重要关口之一,在今北京昌平境内。

② 宋方壶：生卒年不详，名子正，华亭（今上海松江）人。曾筑室于华亭莺湖，名之曰“方壶”，遂以为号。约生活在元末明初。

③ 蟾影：月影、月光。相传月中有三足蟾蜍（癞蛤蟆），故以“蟾”为“月”的代称。婆娑：形容月中桂树枝叶繁多。辛弃疾《太常引·建康中秋夜，为吕叔潜赋》：“斫去桂婆娑，人道是清光更多。”

④ 此镜：指月。李白有“月下飞天镜”句（《渡荆门送别》），后遂以“飞镜”代月。辛弃疾《太常引》：“飞镜又重磨。”

⑤ 广寒宫：传说唐明皇游月中，见一大宫殿，榜曰“广寒清虚之府”。见《龙城录·明皇梦游广寒宫》。后人因称月宫为“广寒宫”。

⑥ 姮娥：即嫦娥，传说中月宫仙女。辛弃疾《太常引》：“把酒问姮娥。”

⑦ 清光：清冷而明亮的月光。

⑧ 白雪歌：古代楚国比较高雅的乐曲。宋玉《对楚王问》：“客有歌于郢中者，其始曰《下里》、《巴人》，国中属而和者数千人。……其为《阳春》、《白雪》，国

中属而和者不过数十人。”

⑨“月儿”句：辛弃疾《南乡子·舟行纪梦》：“只记埋冤前夜月，相看，不管人愁独自圆。”

【今译】

满天月光照在摇曳的景物上，
自古以来谁在打磨这面铜镜？
每年到中秋月亮一点都不缺。
生活在广寒宫肯定非常快活，
碧天遥远我无法飞去问嫦娥。
我独自对着清凉的月光坐着，
无聊的时候就唱起了白雪歌，
月儿啊，你团圆了我怎么办？

【鉴赏】

居庸关在今北京北八达岭附近的古长城上。宋方壶从数千里外的华亭(今上海松江)漂泊来此。逢中秋佳节，登居庸雄关，面对晴空皓月，作为一个羁旅行役之人的他，不免感慨而心潮起伏，浮想联翩，于是写了这一曲小令。

“一天蟾影映婆娑”，描出了一个天无纤尘、月光皎洁、下照人寰动摇之景物的中秋之夜的独特境界。“婆娑”，本来是状盘旋舞蹈之貌的，这里指一切在月光下动摇的景物。“万古谁将此镜磨”，就月联想，忽地由眼前思及“万古”，提出谁在打磨月镜的问题。“年年到今宵不缺些儿个”，轻轻一笔，带回眼前，紧扣“中秋对月”。“不缺些儿个”，似褒非褒，似贬非贬，笔墨狡狯，给后文留下了余地。“广寒宫好快活”，转入即景抒情，羡慕之意，溢于言表。“碧天遥难问姮娥”，无限遗憾，婉转出之，妙趣横生。所欲问的是什么内容，没有具体说明。不是不能说明，乃是有意不说明，好给读者提供想象的空间，并迅疾地抒写自己的情怀。“我独对清光坐”，突出了一个孤独者的自我形象，与在广寒宫中过快活生活的仙女们形成鲜明的对照。“闲将白雪歌”，一个“闲”字，道出了内心的寂寞。“白雪”，古代高雅的歌曲名。歌唱《白雪》，是“闲”得无聊的表现，兼有慨叹曲高和寡、知音难遇之意。“独对清光坐，闲将白雪歌”，对仗整齐而天成，毫无做作的痕迹。“月儿，你团圆，我却如何”，怨气冲天，响亮传神，统摄全篇，集中地抒发了他漂泊江湖、孤独寂寞的不满情绪。读了这末句，这才使人悟到，前面写中秋的朗月，羡广寒的快活，原是为了反衬这末句的，而独坐、闲歌，原是为这末句铺垫的。

这曲小令多汲取辛稼轩《太常引·建康中秋夜，为吕叔潜赋》一词中的意象。但是，二者的思想情感、艺术风格等是迥然相异的。

诗词故事

嫦娥奔月

嫦娥奔月是我国古老的神话传说，最早见于西汉刘安的《淮南子》，其《览冥训》云：“羿请不死之药于西王母，姮娥窃以奔月，怅然有丧，无以续之。何则，不知不死之药所由生也。”高诱注：“姮娥，羿妻。羿请不死之药于西王母，未及服之，姮娥窃食之，得仙，奔入月中，为月精。”这则故事说，羿在西王母那里要来了不死之药，被姮娥（即嫦娥）偷到月亮上去了。羿很难受，因为药被偷走，他就不知道这不死之药是如何做成的了。据说嫦娥奔月是因为她偷了羿从西王母那里要来的不死之药，到月宫后变成蟾蜍。此说见张衡《灵宪》："羿请不死药于西王母，羿妻姮娥窃以奔月，托身于月，是为蟾蜍。"后来，蟾蜍演变成了白兔，并成为嫦娥的宠物。由于怕嫦娥寂寞，后来又陆续加进了吴刚、月桂树、广寒宫，嫦娥也从最初的蟾蜍变为广寒仙子。

嫦娥奔月是古诗词中的常用典故，李白《把酒问月》"白兔捣药秋复春，嫦娥孤栖与谁邻？"辛弃疾《木兰花慢》："飞镜无根谁系？嫦娥不嫁谁留？"都用到这个典故。

这个典故有多种用法。从长生不老药的角度来写，是较为传统的，如唐代诗人曹唐《小游仙诗》："嫦娥若不偷灵药，怎得长生在月中？"这是说嫦娥不偷灵药，怎么能够在月中长生不老呢？这简直就是说，偷得好。这种用法是较为符合最早传说的意义的。表现嫦娥的孤独也是非常普遍的用法，如李白《把酒问月》"白兔捣药秋复春，嫦娥孤栖与谁邻？"李商隐《嫦娥》"嫦娥应悔偷灵药，碧海青天夜夜心"，都是这种用法。代称月亮也是常见的用法，如黄滔《卷帘》"绿鬟侍女手纤纤，新捧嫦娥出素蟾"。也常用来咏美女，如唐陆畅《扇》"姮娥须逐彩云降，不可通宵在月中"，是指持扇歌舞的舞女。

扩展阅读

十五夜望月[①]

［唐］王　建[②]

中庭地白树栖鸦[③]，冷露无声湿桂花。

今夜月明人尽望，不知秋思落谁家[④]？

【注释】

① 十五夜：指农历八月十五的夜晚。

② 王建（约767—831）：字仲初，颍川（今河南许昌）人。

③ 地白：地上的月光。栖：歇，停留。

④ 秋思：指悲秋之情。

望月有感

［唐］白居易

自河南经乱，关内阻饥，兄弟离散，各在一处，因望月有感，聊书所怀，寄上浮梁大兄、於潜七兄、乌江十五兄，兼示符离及下邽弟妹①。

时难年荒世业空①，弟兄羁旅各西东。
田园寥落干戈后③，骨肉流离道路中。
吊影分为千里雁④，辞根散作九秋蓬⑤。
共看明月应垂泪，一夜乡心五处同⑥。

【注释】

① 本篇大约作于唐德宗贞元十六年(800)的秋天。作者在那年九月到符离(今属安徽省宿县)，题中"弟妹"与他分散在各处，故合起来共"五处"。关内：唐时关内道辖今陕西省中部、北部及甘肃省一部分地区。贞元十五年(799)春宣武节度使董晋死后部下叛乱，接着申、光、蔡等州节度使吴少诚又叛乱，唐中央政权分遣十六道兵马去攻打，战事大部发生在河南境

内。当时南方漕运主要经过河南输送关内，由于“河南经乱”，交通断绝，使得“关内阻饥”。

② 世业：指祖先世代遗下的产业。

③ 寥落：冷清，寂寞。

④ 吊影：对影感伤。因雁群飞时，行列齐整，古人常用“雁行”比喻兄弟。这里说兄弟分散，有如形单影只的孤雁。

⑤ 九秋：秋季三个月，有九旬（九十天），所以叫“九秋”。蓬：即飞蓬，草的名称。秋天飞蓬常常被风连根拔起，在空中飞转。常用来比拟旅客行踪无定。

⑥ 乡心：怀念故乡之情。五处同：分散在五处的兄弟、兄妹都同样在怀念河南故乡。

中秋夜吴江亭上对月怀前宰张子野及寄君谟蔡大[①]

［宋］苏舜钦[②]

独坐对月心悠悠，故人不见使我愁[③]。

古今共传惜今夕[④]，况在松江亭上头[⑤]。

可怜节物会人意[6]，十日阴雨此夜收。
不唯人间惜此月，天亦有意于中秋。
长空无瑕露表里[7]，拂拂渐上寒光流[8]。
江平万顷正碧色，上下清澈双璧浮[9]。
自视直欲见筋脉，无所逃避鱼龙忧[10]。
不疑身世在地上，只恐槎去触斗牛[11]。
景清境胜反不足，叹息此际无交游。
心魂冷烈晓不寝，勉为此笔传中州[12]。

【注释】

① 吴江：即吴淞江。诗题言“吴江亭”与诗中言“松江亭”实为一亭。松江亭位于今江苏吴县东。张子野，名先，著名词人。曾任吴江县令，故称为前宰。宰是县令的古称。蔡君谟，名襄，排行老大。著名书法家，诗文亦佳。

② 苏舜钦（1008—1048）：字子美，铜山（今四川中江县南）人，徙居开封。

③ 故人：指张、蔡。

④ 惜：爱。

⑤ 松江：即吴淞江，又名吴江，通称苏州河，是太湖最大的支流。作为水名，吴江、松江是一水，作为县名，则吴江、松江乃是二县，所以题称吴江亭，诗称松江亭。

⑥ 可怜：作“可喜”解。节物：不同季节所形成的景色。会：领会、理解。

⑦ 瑕：玉上的疵点，这里指浮云。

⑧ 拂拂：本意是风吹动貌，这里形容月光闪动的样子。

⑨ 双璧：指互相照映的空中月亮和水中月影。

⑩ “自视”两句：形容月光极其明亮，可以透视人体的筋络血脉以及水中的鱼和龙。

⑪ 槎(chá)：木筏。斗牛：二十八宿中的斗宿和牛宿。这两句形容自己在月光中产生的幻想。古代传说，天河是与海相通的。一个住在海边的人看到每年八月都有浮槎来往，便乘槎而去，到了天河边牛郎织女居住的地方。

⑫ 勉为：勉为其难，谦辞。表示这篇诗没有写好。此笔：指本诗。中州：此指汴京，蔡君谟所住之地。

洞仙歌·泗州中秋作[1]

[宋]晁补之[2]

青烟幂处[3],碧海飞金镜[4]。永夜闲阶卧桂影。露凉时,零乱多少寒螿[5],神京远[6],唯有蓝桥路近[7]。

水晶帘不下,云母屏开[8],冷浸佳人淡脂粉[9]。待都将许多明,付与金尊,投晓共流霞倾尽[10]。更携取胡床上南楼[11],看玉做人间,素秋千顷[12]。

【注释】

① 洞仙歌:词牌名。唐教坊曲,用作词调。又名《洞仙歌令》、《羽仙歌》、《洞中仙》、《洞仙歌慢》、《洞仙词》等。泗州:今安徽泗县。作者时任泗州知州。

② 晁(cháo)补之(1053—1110):字无咎,号归来子,济州巨野(今属山东)人。苏门四学士之一。

③ 幂(mì):遮盖。

④ 碧海:碧蓝色的海。这里指夜空。金镜:指

月亮。

⑤ 寒螀(jiāng):寒蝉。

⑥ 神京:指北宋京城汴梁。

⑦ 蓝桥:在陕西蓝田县东南,桥架蓝水之上,故名。世传其地有仙窟,此指月宫。

⑧ 云母屏:嵌着云母石的屏风。云母为花岗岩主要成分,可作屏风,艳丽光泽。

⑨ 佳人:这里指席间的女性。

⑩ 流霞:仙酒名。语意双关,既指酒,也指朝霞。

⑪ 胡床:古代一种轻便坐具,可以折叠。上南楼:据说晋庾亮在武昌时,曾秋夜与诸佐吏殷浩之徒南楼赏月。这里诗人觉得庭中赏月不能尽兴,所以要像庾亮那样登上南楼,去观赏那月光下素白澄澈的清秋气象。

⑫ 素秋:指秋天。

[双调]折桂令·中秋[①]

[元]张养浩[②]

一轮飞镜谁磨[③],照彻乾坤[④],印透山河。玉露

泠泠[5]，洗秋空银汉无波[6]，比常夜清光更多，尽无碍桂影婆娑[7]。老子高歌，为问嫦娥，良夜恹恹[8]，不醉如何？

【注释】

① 折桂令：曲牌名。

② 张养浩(1270—1329)：字希孟，号云庄，济南(今属山东)人。

③ 飞镜：飞在空中的镜子，比喻中秋之月。

④ 乾坤：指天地。

⑤ 玉露：形容露珠之澄澈透明。泠(líng)泠：月光清凉、凄清的样子。

⑥ 银汉：即银河。

⑦ 桂：指传说中月中的桂树。婆娑：形容桂树的影子舞动和桂树的枝叶扶疏。

⑧ 恹(yān)恹：精神不振的样子。

中秋夜无月

[清]樊增祥[1]

亘古清光彻九州[2]，只因烟雾锁琼楼[3]。
莫愁遮断山河影，照出山河影更愁[4]。

【注释】

① 樊增祥(1846—1931)：字嘉父，号云门，别号樊山，湖北恩施人。光绪年间曾任陕西、江宁布政史等官。

② 亘(gèn)古：终古。即从远古到现在。九州：代指整个中国。

③ 琼楼：玉楼。这里借指月宫。苏轼《水调歌头》："我欲乘风归去，又恐琼楼玉宇，高处不胜寒。"

④ "莫愁"两句：不要担心没有月光，无法看清山河景象，因为月光照见的山河破碎的景象，让人更加忧愁。由此抒发了诗人对国势衰颓的沉痛忧思之情。